U0165765

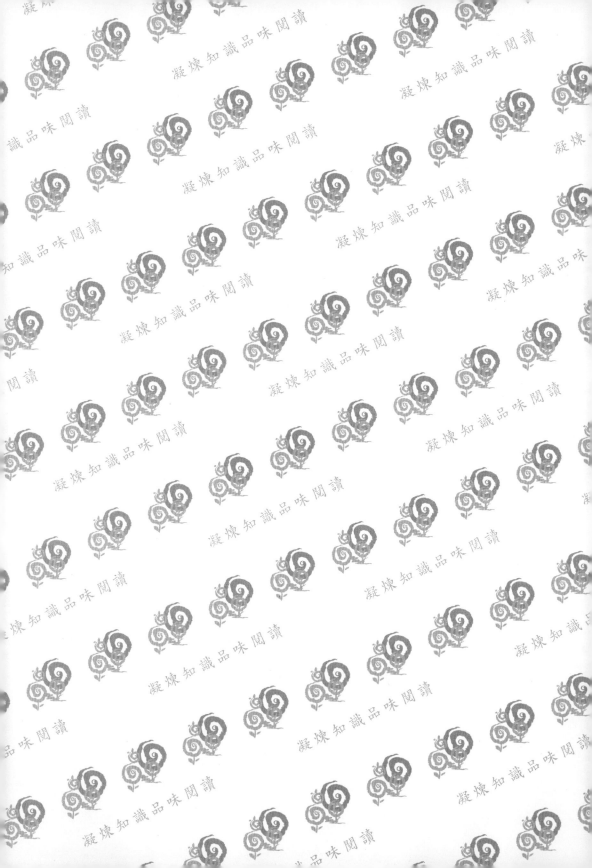

一開口 泰 語
就會說

最超值！一次就讓你學會1000種生活會話

Stuart Robson & Prateep Changchit ——————— 著

張錦惠 ——————— 譯

五南圖書出版公司 印行

前　言

　　本書旨在將泰語此一亞洲語言引介給諸位讀者，目標族群主要設定在對泰語幾乎一無所知，但卻非常渴望學習的讀者。我們選用的學習方法，首先是選出 100 個基礎關鍵字詞，接著使用這些字詞來造出合適的例句，並且展示給讀者一系列常用的相關表達用語，如此，讀者便可以「輕鬆學會 1000 種不同的泰語表達方式」。

　　本書將這 100 個基礎關鍵字詞劃分成 10 個主題，每一個主題都可以協助您在參訪泰國，到各地遊歷旅行以及結識泰國人之時，面對各種不同的溝通情境，迅速做出適切的回應。本書使用的語言都是確實可靠的，並且包含了許多關於泰國文化與社會的知識與訊息。我們同時也在書中提供一些文法與文化的小注解，來協助讀者更深入理解泰語與泰國文化。本書也在最後刊載一份漢語—泰語的關鍵字詞一覽表，以條列的方式列出這 100 個基礎關鍵字詞，如此一來，您可以使用本書作為一本迷你字典，隨時隨地查閱您需要的單詞。

　　為了協助您掌握泰語的發音，我們在本書中使用一個簡單的羅馬字系統來標記泰語。其他還有許多不同的標記系統。我們在本書中使用的系統未必是最嚴謹、最精確的，但是對於英語的使用者而言，是非常有幫助的。此外，本書也一併附上泰語的書寫體，如此一來，您的泰國朋友便可以協助您發出正確的泰語發音，而且毫無疑問地，在往後的日子裡，您或許也會想學習可以獨立閱讀泰語。

　　泰語與漢語是非常不同的，但是學習泰語才可以引領您去認識這一個迷人國度的人民與文化。因此，我們非常鼓勵您可以抽空前往這個國家，在當地使用這個美妙的語言，並且享受成功與人溝通的滿足感。

　　Chohk dii! โชคดี 祝您好運！

Stuart Robson & Prateep Changchit

關於泰語

　　泰語是泰王國所使用的官方語言，泰語的使用者約有 6,500 萬人，泰王國的全國各地都在教授並且使用泰語。標準泰語主要是以首都曼谷所使用的泰語為基礎而制定的，也就是說，主要是受過教育的泰國人所使用的語言。

　　當然，除了標準泰語之外，還有其他一些非標準泰語的泰語方言，在泰國的各個地區被使用，例如說：

1. 泰國中部：主要為昭披耶河（湄南河平原），首都曼谷也位於其中。
2. 泰國東北部：因為與寮國相毗鄰，因此也稱為「泰佬」（Lao），許多使用這個地區語言的人民會南下前往曼谷工作。
3. 泰國北部：主要以泰國古都清邁為中心；以及
4. 泰國南部：主要位於泰國南部馬來半島，這裡的地理中心是洛坤府（那空習攤瑪辣）。

這些地區之間彼此有著非常大的差異，包括使用不同的音調及不同的詞彙，但是這些差異似乎還不夠充分可以將這些地區的語言區別為不同的語言。共同享有某些地區特有的語言形式，也讓這些地區的人民產生了一種對彼此的認同感，而且在遇見其他來自同一地區的人時，大多數的人都會為他們可以使用地區的語言溝通而感到驕傲。泰語在各個地區之間的差異，一般而言並不會顯示在書寫文字上（通常只會展現在口語上），將口語書寫文字化，意謂著音調以及拼法都會跟著改變。標準化的書面語言，反映出來的是泰國中部以及泰國首都（中央政府）曼谷所使用的發音與語言風格。當然，除了地區性的差異之外，根據個人的社會階層或者教育程度的不同，也會造成語言使用上的差異。

　　此外，除了泰語本身有一些不同的形式之外，我們也不能忘記在這個國家

與其他國家的邊境之間，還有其他一些語言為這些地區的人民所使用，例如：

1. 馬來語：一個重要的南島語系的語言，主要使用於泰國最南端，與馬來西亞相毗鄰的四個省分。
2. 克倫語：一種漢藏語系的語言，使用者為分布於泰緬邊界山脈區的數個少數民族。
3. 傈僳語、阿卡語、拉祜語、赫蒙語以及瑤族語：這些也都是漢藏語系的語言，使用者主要分布於泰國北部的山區部分。
4. 高棉語（或稱柬埔寨語）：是一種南島語系的語言，使用者主要分布在柬埔寨北部邊境的一個地區。

複雜的地理環境與語系分布引發了少數民族的問題，使用這些非泰語系語言的族群，就其身為泰國皇室之從屬臣民的意義上，理所當然也是泰國人，雖然他們或許並沒有在相同程度上參與在泰國的主流文化中，而且他們或許更傾向於保留他們自己族群的語言與文化認同。外國訪客通常非常喜歡在旅遊時前去觀看這些「高山部落」以及他們的文化。

　　泰語是屬於一支稱為「傣」語系的重要語言之一。這支語系主要包含了泰語和其鄰居兼近親的寮語，以及分布於緬甸北部部分地區的大傣語或撣語、中國南部的大多數少數民族使用的一種主要語言壯語、越南北部的少數民族使用的儂語或者黑泰語與白泰語，以及往西邊最遠可達印度東北部阿薩姆邦的阿洪母語，但此一語言在今日已經幾近滅絕。

　　一直要到相對晚近的時間（十一世紀和十二世紀左右），泰族人才從北方開始進入今日的泰國，並且在這個過程中，與當時已經居住在此地的高棉人和孟族人展開接觸。在這樣一個族群接觸的過程中，其所造成的結果，是我們在今日的泰語中發現到許多從高棉語轉借而來的外來語。一些簡單的例子如下：

tamruat	ตำรวจ	警察
gamlang	กำลัง	力量
dtalaat	ตลาด	市場
taleh	ทะเล	海洋

　　同樣地，在今日的泰語中，也有相當多數量的外來語是以古印度的巴利語（上座部佛教的神聖語言）和梵語（印度的古老語言）為基礎重新鑄造，藉以因應創造現代生活所需詞彙的目的。一些簡單的例子如下：

thohrasap	電話
sukhaphaap	健康
wattanatham	文化

當然還有更多是直接取自英語的詞彙，一些簡單的例子如下：

thiiwii	電視
sehrok	影印（全錄 xerox！）
chek bin	結帳
hoten	旅館／飯店
bai-bai	再見

　　基本的泰語是單音節的，但是外來語似乎全都擁有兩個或者更多的音節。您可以看見某些外來語的發音已經在納入泰語的過程中，經歷了些許的變動。

　　泰語是一種聲調語言，換句話說，一個詞要用什麼聲調來發音，這可能是

非常重要的，因為這個詞的聲調可以將它與另一個類似的，但有著不同聲調的詞區分開來。泰語有五種聲調，每一個字詞的聲調都是固有的，也就是說，它們都是這些詞的「內建」元素。當您在學習泰語的時候，您必須學會每一個字詞的聲調──這並不是您可以推遲到後來再慢慢學習的課題（關於聲調的部分，請參閱第 ⒂ 至 ⒄ 頁）。事實上，有一些關於泰語字詞的形式與拼法的規則，可以幫助您預測出這些字詞的聲調可能為何。順便提醒一下，泰語的聲調規則與漢語或者越南語的聲調規則並不相關，儘管這兩種語言恰巧也是一種聲調語言。

泰語有它自己的文字（或者書寫系統），那是在十三世紀時，以高棉文字為基礎發展出來書寫泰語的特殊語音。這個系統基本上是由音節組成的（但實際上並不是一個字母系統），而且它不僅和高棉文字、占語字母有關係，同時也與緬甸文字、爪哇文字、峇里文字等相關聯。歸根結柢，所有這些文字都是源自於一種在公元（A.D.）早期階段使用於印度南方的書寫文字，隨著印度文明的傳播──其中包括佛教、印度教，以及它們的聖典經文等，這種書寫文字同時也被引進東南亞。

我們可以使用類似語音的西方書寫文字（或稱羅馬字）來重現泰語的語音，雖然這樣的作法還是存在一些問題，而且目前有各式各樣不同的標記法。在本書中，我們嘗試設計出一個系統，不僅可以準確標出泰語的語音，而且對於初學者而言，不會太過困難以致於無法理解或者閱讀（請參閱第 ⑽ 頁至第 ⒄ 頁的部分）。我們同時也在本書中為每一個詞彙附上泰語的書寫文字，如此一來，您的泰國朋友便可以協助您練習發出正確的發音（泰國人一般而言並沒有將他們的語言寫成羅馬字的習慣）。

請您務必注意的是，泰語有它自己的「字母」順序，如果您想要掌握泰語的書寫文字，並且使用泰語─漢語（泰語─英語）字典來查詢詞彙的話，您就必須學習正確的泰語字母順序。

拼寫與發音

　　這個章節的目標，在於展示給讀者我們在本書中所使用的拼寫系統，並且為讀者解釋如何正確地發出各種字母以及字母組合的音。這個拼寫系統事實上並不是一個音譯的轉寫系統，換句話說，一個泰語的符號並非總是對應於一個羅馬字母，因此這個系統的目的並非在於嘗試重現泰語的拼音（一如您可以在泰語文字中發現的功能一般）。我們只是希望在本書中所使用的拼寫法，對於英語母語的讀者而言，可以是清晰且有所助益的。

　　為了讓我們的討論可以順利地進行，我們首先介紹子音（輔音）的部分，接著再介紹母音（元音）的發音，我們會提供一個詞彙的例子，並且標記泰語的拼音。發音原則上就等同於英語的發音，除了一些需要注意而特別標示的地方。

子音（輔音）

　　泰語的子音（輔音）如下：

g	*gài*	ไก่	雞（如同「get」中的 *g* 音）
kh	*khài*	ไข่	蛋（如同「kit」中的 *k* 音）
ng	*nguu*	งู	蛇（如同「sing」或者「singer」中的 *ng* 音）

☼ 這個音的發音就和「sing」這個字 *ng* 的部分發音相同，但是當這個部分出現在一個字的字首的話，可能不太容易發音。請試著說出「singer」這個字，接著放慢發音的速度，將這個字分成兩個部分：「si-nger」。如此一來，您可以學會發出這個出現在字首位置的 *ng* 的發音。

j	*jaan*	จาน	盤（如同「jam」的 *j* 音）
ch	*chórn*	ช้อน	湯匙（如同「chat」的 *ch* 音）
s	*sìi*	สี่	四（如同「sit」的 *s* 音）
d	*dèk*	เด็ก	孩童（如同「do」的 *d* 音）
dt	*dtaa*	ตา	眼睛（如同「stone」的 *t* 音）

☼ 這就像是發出一個 *t* 的音，但是發音時並不送氣。您可以嘗試在發出這個音之前，
先噘起您的嘴唇之後再發音，便可以達到這樣的效果。

th	*Thai*	ไทย	泰（如同「teach」的 *t* 音）
n	*norn*	นอน	睡覺（如同「nine」的 *n* 音）
b	*bâan*	บ้าน	家／房屋（如同「bed」的 *b* 音）
bp	*bplaa*	ปลา	魚（如同「spy」的 *py* 音）
ph	*phâa*	ผ้า	布（如同「pan」的 *p* 音）

☼ 這個音的發音是一個普通的 *p* 音，但是發音時並不送氣。務必注意的是，這個音
絕對不是如同「photo」中發的 *ph* 音（我們有另一個字母來表示 *f* 的音）。

f	*fan*	ฟัน	牙齒（如同「fine」的 *f* 音）
m	*maew*	แมว	貓（如同「make」的 *m* 音）
y	*yaa*	ยา	藥（如同「you」的 *y* 音）
r	*rórn*	ร้อน	熱（如同「rat」的 *r* 音）
l	*lom*	ลม	風（如同「lot」的 *l* 音）
w	*wát*	วัด	寺廟（如同「well」的 *w* 音）
h	*hông*	ห้อง	房間（如同「hand」的 *h* 音）

最後還要加上一個聲門塞音，一般而言，這個音並不會被書寫出來（但是在發音上也扮演著一個角色），當需要發出這個音的時候，則使用一個撇號來代表它，例如說「*jà'*」。

母音（元音）

　　除了聲調之間的區別之外（關於此，我們將於內文第 4 頁進行相關討論），長母音和短母音之間還有一個本質上的差異。為了強調這樣的差異，我們在本書中很簡單地使用兩個重複的短母音來代表長母音——也就是說，長母音的發音必須比短母音更長一些。

a	*wan*	วัน	天／日

　　這個例子聽起來像是英語的「won」。其中 *a* 的發音就像是「ha!」中 *a* 的發音，但是它絕對不是英語中「cat」的 *a* 音（雖然泰語中的確也有這樣的發音——請參閱內文第 1 頁）。

aa	*maa*	มา	來

　　這個發音也可以寫成 *ah*，這個例子所列的單字聽起來像是英語的「mar」，但是當然沒有附加上任何的 *r* 音。

i	*prík*	พริก	辣椒

這是一個短音，就如英語中的「i̲f」的 *i* 音。

ii	***khun***	มี	有

這是上述 i 短音的長音版，請您回想一下「se̲e」中 *ee* 的發音。

u	***khun***	คุณ	您（有禮貌的）

這是一個短音，發音就如同英語中「fo̲o̲t」或「pu̲t」的 *oo* 或 *u* 音。

uu	***nguu***	งู	蛇

這是上述 u 短音的長音版，發音就如同英語中「mo̲o̲d」的 *oo* 音。

接下來的這一組發音有一點難度：

oh	***giloh***	กิโล	千

這是英語中「go̲」這個詞 *o* 的發音，請務必小心與下述的兩個音做出區分。

o	***lom***	ลม	風

發音如同英語中「fro̲m」的 *o* 音。

or	***lor***	หล่อ	英俊

這裡所強調的這個音就如英語中的 *or*，但是沒有附加上任何的「r」音。這個音也可以寫成 *aw*，一如英語中「<u>awful</u>」的 *aw* 音。

eu	*meu*	มือ	手

這個音有短音版和長音版，它的發音就如法語中「deux」的 *eu* 音，但是更緊實一點。請和下述的 *oe* 相比較。

ae	*láe*	และ	和

這是「cat」中的 *a* 的發音，請注意結尾的聲門塞音，將這個音發短一點。

e	*lék*	เล็ก	小

這個音就像是英語中「met」的 *e* 音。

eh	*mehk*	เมฆ	雲

這個音比較像是法語的尖音符號 *e*，而不是英語的 *ay*。它也可以寫成 *air*（但是沒有附加上「r」的音），但是它是一個純母音，而不是一個雙母音。

oe	*thoe*	เธอ	你（稱呼較親密的人的代名詞）

發音像是「bird」的 *ir*（但是沒有附加上「r」的音），或者像是德語的 *ö*。

有長母音和短母音的兩種版本。

　　接下來，我們要學習的是一系列美妙的雙母音，也就是說兩個（或者兩個以上）母音的組合。它們的發音就和前面的例子一樣標示出來，但是要合在一起發音，詳見例子如下：

ia	*mia*〔發音類似 *mee-ah*〕	เมีย	老婆（非正式的）
iu	*hǐu*〔*hew*〕	หิว	餓
eua	*reua*〔*rer-ah*〕	เรือ	船
ua	*wua*〔*woo-ah*〕	วัว	牛
ai	*yài*〔與 *hi!* 押韻〕	ใหญ่	大
ao	*mau*〔*mow*〕	เมา	（酒）醉
ui	*khui*〔*kooy*〕	คุย	閒聊
oi	*noi*〔*noy*〕	น้อย	少
oei	*khoei*〔*ker-y*〕	เคย	曾經
euai	*nèuai*〔*ner-ay*〕	เหนื่อย	累
io	*dio*〔*dee-oh*〕	เดียว	單獨 / 只
eho	*leho*〔*lay-oh*〕	เลว	壞
aeo	*maeo*〔*mair-oh*〕	แมว	貓
iau	*nǐau*〔*nee-ow*〕	เหนียว	黏黏的

聲調

　　聲調是泰語中特別有趣的一個部分，它為泰語賦予了一種「宛如歌唱般的」輕快愉悅的發音。如同我們之前提過的，聲調對於泰語而言是非常重要、不可或缺的，它並不是一種額外、可有可無的選項。我們可以說，每一個泰語

的詞彙都有它的聲調，也就是說，它必須使用一個特定的音調來發音。在某些情況下，改變一個詞彙的聲調，可能會產生出一個完全不同的詞彙──有時候會造成一些令人吃驚或者令人難堪的結果。

　　泰語中有五種不同的聲調，我們將它們稱為：

1. 中平調（mid）
2. 高平調（high）
3. 下降調（falling）
4. 低平調（low）
5. 上升調（rising）

　　我們在本書中使用一些符號來標記這些聲調，每一個聲調都有代表它的特有記號。

　　大部分的泰語詞彙都是中平調，因此不需要特別的符號來標記它們。當您在發一個中平調的聲調時，請您務必小心維持聲調的平穩，不要讓它下降或者上升。

　　高平調的起始發音比中平調略高一些，最後上升至一個小的「鉤符」。
　　下降調的起頭比較高，接著往下降。
　　低平調聽起來像是英語中一個加強語氣的音調：「No！」
　　上升調的起頭比較低，接著往上升。

　　泰語母語的人，他們的耳朵已經對這些聲調之間的差異非常熟悉，因此在一般自然的對話中，這些差異有時候可能會變得不明顯，不容易察覺，而且

當一些詞彙被組合在一起之時，這些聲調的差異可能會被忽略，或者含糊帶過。但是初學者依然建議必須準確地發出這些聲調，甚至可以誇大強調這些聲調，如此才可以發出正確的泰語發音。您可以使用您的手在空氣中「指揮」，來練習這些泰語的聲調。

在之前一些我們用來舉例的詞彙中，您可以看見有一些聲調符號已經標記在上面，我們在這裡提供一個完整的聲調符號表：

Bpaa	ปา	投擲	（中平調）	-
Bpàa	ป่า	森林	（低平調）	＼
Bpâa	ป้า	姑姑／阿姨	（下降調）	＾
Bpáa	ป๊า	爸爸（華裔泰人的稱法）	（高平調）	／
Bpǎa	ป๋า	父親	（上升調）	ˇ

請務必注意，如果一個母音是用兩個字母來書寫的話，它的聲調符號會置放在第一個字母上面，但是這個聲調符號當然是同時適用於兩個字母的。

Content

第一部分

詞彙1～10

與人結識

　　在泰國旅遊的人，理所當然會希望獲得更多的資訊，來了解他們在泰國所見所聞的每一件事物，並且尋求與泰國人之間展開社交接觸的機會。與泰國人接觸的最佳方式，便是使用泰語與他們交換一些詞彙。您的泰國朋友會感到非常高興，並且會協助您發出正確的發音。

1. DII ดี 好！是的！OK！　🎧 1-1

Sawatdii. สวัสดี 你好！哈囉！

這是一個適用於各種情況的問候語，它可以使用來問候任何一個人，而且在一天中的任何一個時刻都可使用。在非正式的場合中，人們就只說 *Wàtdii!*（หวัดดี）而已。您可以在電話中使用這個問候語來表示「喂／你好／哈囉」，同時也可以用來表示「再見」。（事實上，這個問候語完全不是從 *dii*（ดี）這個詞源生而來，但是將它放在這裡一起討論，對讀者而言是有幫助的。）

Sabai dii mái? สบายดีไหม 你好嗎？

要回答像這樣一個問題的話，只要重複句子中的主要詞彙即可（省略掉疑問詞）：

Sabai dii.	สบายดี	我很好。
Dii mái?	ดีไหม	可以嗎？

Chohk dii.	โชคดี	祝你好運。
Yin dii.	ยินดี	很高興／很榮幸。
Dii jai.	ดีใจ	很高興（見到你，認識你，字面上的意思為「很開心」）。

文法小筆記

1. 泰語的句子結構很簡單，主要是由「主詞—動詞—受詞」組成，與英語的句子結構相似。泰語的詞彙不需要因為時態、人稱、所有格、單數或複數、詞性，或者主詞與動詞的一致性等規則而改變，或者做出詞形變化。

2. 疑問詞 *mái*（ไหม）置放於句子的結尾處。它可以被視為一般性的疑問句，也可以被詮釋為一種邀請或者建議。若要回答「是」的話，只需要重複動詞或者形容詞即可。若要回答「不是」的話，請將 *mâi*（ไม่）置於動詞或者形容詞的前方。

   疑問句：主詞＋動詞／形容詞＋ *mái*
   肯定句：主詞＋動詞／形容詞
   否定句：主詞＋ *mâi*（不）＋動詞／形容詞

3. 在泰語中，如果已經清楚知道句子的主詞是誰的話，主詞通常是可省略的。

　　泰國人在「遇見與問候」某人的時候，並不會握手，也不會說「很高興見到你」。泰國人這時候會使用合十敬禮 *wâai*（ไหว้）的姿態和手勢來打招呼。他們會將雙手的手掌合十，輕輕鞠一個躬，作為一種問候彼此與表達尊敬的方式。在做出 *wâai*（ไหว้）的時候有一定的「禮儀」，請將它的功能謹記在心，亦即表達一種對人的尊敬。因此我們對某位「在我們之上」、我們想要表達尊敬的人敬禮 *wâai*（ไหว้），包括剛剛認識的人。如果某人向您敬禮 *wâai*（ไหว้）的話，您也必須回敬他（如果您的手上剛好拿著東西不方便的話，至少要有一隻手做出手勢，或者甚至只是輕輕鞠一個躬）。因此我們不會先對比我們年輕的人敬禮 *wâai*（ไหว้）（但是如果對方向您敬禮，您必須回敬），當然我們也不會對一個小孩敬禮。

　　如果打算使用敬禮 *wâai*（ไหว้）來作為一種問候或者告別的形式的話，人們會在敬禮 *wâai*（ไหว้）的同時說 *sà-wàt-dii*（สวัสดี）。

2. KHÁ/KHÂ/KHRÁP ค่ะ/ค่ะ/ครับ 禮貌語尾詞　🎧1-2

　　這三個詞彙應該在比較早期的階段就要介紹給讀者，因為它們是在日常生活的對話中相當常見的詞彙。它們被使用在一個句子的結尾處，目的在於讓說話的聲音聽起來非常恭敬有禮。

⑴ ค่ะ *khâ*（女性使用的詞彙）使用在發表聲明、指揮命令上，它也可以單獨使用，作為一種有禮貌的回答「是」的方式。

⑵ ค่ะ *khá*（女性使用的詞彙）使用在疑問句的結尾處。

⑶ ครับ *khráp* 是男性使用的中性結尾詞，在任何情境中皆可使用。

3. CHÊU ชื่อ 姓名 🎧 1-3

Khun chêu à-rai?	คุณชื่ออะไร	你的名字叫什麼？
Phŏm chêu Simon.	ผมชื่อไซมอน	我的名字叫西蒙。
Chăn chêu Helen.	ฉันชื่อเฮเลน	我的名字叫海倫。
Khău chêu Richard.	เขาชื่อริชาร์ด	他的名字叫理查。
Khun mii chêu lên mái?	คุณมีชื่อเล่นไหม	你有暱稱／綽號嗎？

文法小筆記

　　chêu（ชื่อ）這個詞可以翻譯成中文的「姓名／名字」或者用作動詞「（名字）叫作」。

　　泰語中有一系列複雜的人稱代名詞。

　　以下提供一些適合您在對話過程中使用的人稱代名詞。

我	chăn	ฉัน（女性人稱代名詞）
dì-chăn	ดิฉัน（女性的正式人稱代名詞）	
phŏm	ผม（男性人稱代名詞）	
我們	rao	เรา
你	khun	คุณ
妳	thoe	เธอ
他／他們	khăo	เขา
她／她們	thoe	เธอ

　　泰國人用名字來稱呼彼此，但是綽號／暱稱在泰國也經常被使用。泰國人可以會給您他們的綽號／暱稱，而不是告訴您他們的名字。一般而言，泰國人的名字前都會加上 *Khun* 的稱號（先生、太太或是小姐），除非他們擁有一個頭銜，例如說，博士。*Khu*n 可以使用在男性及女性身上，不管他或她已婚或未婚，例如說，*Somjai*（名）+ *Rattana*（姓）的話，他的稱呼便是 *Khun Somjai*。如果您不知道某個人的名字的話，請直接稱呼他為 *Khun*。只有在正式的場合才會同時介紹名和姓。

4. RÚU-JÀK รู้จัก 知道；認識　🎧1-4

Khun rúu-jàk Mali mái?　คุณรู้จักมะลิไหม

你認識瑪莉嗎？

Thoe rúu-jàk rong-raem Oriental mái?　เธอรู้จักโรงแรมโอเรียนเต็ลไหม

妳知道東方酒店嗎？

→ *Mâi rúu-jàk.*　ไม่รู้จัก

→（我）不知道。

文法小筆記

　　Mâi ไม่（「不」）一詞使用在否定句上，而且總是置放在動詞或者形容詞之前。

Mâi sabai.	ไม่สบาย	（我）不舒服（生病了）。
Mâi dii.	ไม่ดี	（那）不好（不是一件好事，不是一個好主意）。
Mâi au.	ไม่เอา	（我）不想要（我不接受，字面上的意思是「不要拿」）。
Mâi chôrp.	ไม่ชอบ	（我）不喜歡。
Mâi sŏnjai.	ไม่สนใจ	（我）不在乎。
Mâi sŭay.	ไม่สวย	（那）不好看（不漂亮／不吸引人）。
Mâi bpen rai.	ไม่เป็นไร	沒關係／沒問題／別擔心。

☼ 注解：很多人會説 *mâi-pen-rai*，因為他們認為很多事情都是不受他們控制的，他們能夠做的就是接受它們並且繼續前進。

5. YÙU อยู่ 在；住 🎧 1-5

Khun Wichaa yùu mái?	คุณวิชาอยู่ไหม	Wichaa 先生在嗎？
Tim yùu thîi năi?	ทิมอยู่ที่ไหน	提姆在哪裡？
Tim yùu thîi bâan.	ทิมอยู่ที่บ้าน	提姆在家。
Bâan gèut yùu thîi năi?	บ้านเกิดอยู่ที่ไหน	（你的）家鄉在哪裡？
Chăn yùu thîi Melbourne.	ฉันอยู่ที่เมลเบิร์น	我住在墨爾本。

關於 *yùu* อยู่ 的不同意義，請參閱下述詞彙第七項的最後一個注解。

6. KHON คน 人 🎧1-6

Khun bpen khon châat à-rai? คุณเป็นคนชาติอะไร

你的國籍是什麼？

→ **Khǎu bpen khon Amerigan.** เขาเป็นคนอเมริกัน

→他是美國人。

☼ 注解：地方的名稱是 *Amerigaa* อเมริกา；形容詞是 *Amerigan*。

→ **Khǎu bpen khon Jiin.** เขาเป็นคนจีน

→他是中國人。

Yîi-bpùn	ญี่ปุ่น	日本的
Yeraman	เยอรมัน	德國的
Faràngsèt	ฝรั่งเศส	法國的
Anggrìt	อังกฤษ	英國的（「英國」的名稱涵蓋了整個大不列顛聯合王國！）

☼ 注解：一般而言，使用於國籍的形容詞同樣也可以使用於語言上，例如說：

Phaasǎa Jiin	ภาษาจีน	中國（語）／中文
Yîi-bpùn	ญี่ปุ่น	日本（語）
Faràngsèt	ฝรั่งเศส	法國（語）
Thai	ไทย	泰國（語）
Anggrìt	อังกฤษ	英國（語）

7. THAM ทำ 做　🎧 1-7

Khun tham à-rai? คุณทำอะไร

你在做什麼？

→ **Chăn tham ahăan.** ฉันทำอาหาร

→ 我在煮飯（字面上的意思是「我在做飯」）。

→ **Phŏm duu tiiwii yùu.** ผมดูทีวีอยู่

→ 我在看電視。

→ **Chăn norn lên yùu.** ฉันนอนเล่นอยู่

→ 我在打盹／小睡。

→ **Chăn shopping yùu.** ฉันชอปปิ้งอยู่

→ 我在購物。

💬 注解：一般而言，在泰語中，會在句尾加上「**yùu**」（อยู่）一詞，來表達一個持續進行或者當下正在進行的動作。

Khun tham-ngaan à-rai? คุณทำอะไร

你做什麼工作？（字面上的意思是「你的工作是什麼？」）

→ **Phŏm pen nák-thú-rá-kìt.** ผมเป็นนักธุรกิจ

→ 我是商人／生意人。

→ **Chăn pen phá-yaa-baan.** ฉันเป็นพยาบาล

→ 我是護士／護理師。

nák-rórng	นักร้อง	歌手
nák-gilaa	นักกีฬา	運動選手／運動員
nák-dtên	นักเต้น	舞者／舞蹈家

nák-muay	นักมวย	拳擊手
nák-sùek-săa	นักศึกษา	大學生
aa-jaan	อาจารย์	教授／大學講師
măw	หมอ	醫生
thá-naay-khwaam	ทนายความ	律師
tam-rùat	ตำรวจ	警察
phá-nák-ngaan	พนักงาน	上班族／公司職員
phá-nák-ngaan khăay	พนักงานขาย	售貨員／店員
thá-hăan	ทหาร	軍人
khâa-râat-chá-kaan	ข้าราชการ	公務員
wít-sà-wá-gawn	วิศวกร	工程師
châang	ช่าง	技師

文法小筆記

　　「是」*pen*（เป็น）一字與名詞合用之時，在於指稱此一主語的屬性、特質，或者身分。例如說：

| Phŏm pen măw. | ผมเป็นหมอ | 我是醫生。 |
| Chăn pen khon Thai. | ฉันเป็นคนไทย | 我是泰國人。 |

8. DTORN ตอน 在（一天中的一段時間） 1-8

dtorn cháau	ตอนเช้า	在早上／上午
dtorn thîang	ตอนเที่ยง	在中午
dtorn bàai	ตอนบ่าย	在下午
dtorn yen	ตอนเย็น	在晚上
dtorn khâm	ตอนค่ำ	在深夜

Dotrn cháau rau bpai hông-náam.　ตอนเช้าเราไปห้องน้ำ
早上我們去<u>洗手間</u>（廁所）。

用下述的詞彙來取代上述例句中畫線的部分：

gin aahǎan cháau	กินอาหารเช้า	吃早餐
àap náam	อาบน้ำ	洗澡
bpraeng fan	แปรงฟัน	刷牙
wǐi phǒm	หวีผม	梳頭
dtàeng dtua	แต่งตัว	穿著打扮
hǎa wâen-dtaa	หาแว่นตา	找眼鏡

Dtorn thîang rau bpai gin ahqan-thîang.　ตอนเที่ยงเราไปกินอาหารเที่ยง
中午我們去吃午餐。
Dtorn bàai rau bpai gin ahqan-wâang.　ตอนบ่ายเราไปกินอาหารว่าง
下午我們去吃點心。
Dtorn yen rau bpai gin ahqan yen.　ตอนเย็นเราไปกินอาหารเย็น

晚上我們去吃晚餐。

Dtorn khâm rau bpai disago.　ตอนค่ำเราไปดิสโก้

深夜我們去迪斯可。

9. LÁEW แล้ว 已經：過去式的標記　🎧 1-9

Sèt láew.	เสร็จแล้ว	完成了／做完了。
Mòt láew.	หมดแล้ว	空了／全用光了。
Jàai láew.	จ่ายแล้ว	（我）已經付錢了。
Khâu-jai láew.	เข้าใจแล้ว	（我）知道了

（字面上的意思是「（我）已經知道了」）。

Fŏn dtòk láew.	ฝนตกแล้ว	（已經／開始）下雨了。

文法小筆記

　　這個詞是一個非常重要的詞彙，這是在泰語中唯一一個我們可以用來表達過去式語法的詞彙。但是就如同例句中所展示的，假使我們已經清楚知道所要表達的過程已經完結，或者所要表達的情境已經完成的話，我們並不一定總是需要用過去式的語法來翻譯這個詞彙。此外，這個詞彙始終出現在句尾的位置上。也請同時參閱下一個詞彙。

10. YANG ยัง 還沒；尚未 🎧 1-10

Gin yaa rúe yang? กินยาหรือยัง

（你）吃藥了嗎？（字面上的意思是「還沒（吃藥）嗎？」）

→ **Gin láew.** กินแล้ว

→（已經）吃了。

Phóp Khun Fernando rúe yang? พบคุณเฟอร์นานโด้หรือยัง

你跟 Fernando 碰面了嗎？

→ **Yang.** ยัง

→ 還沒。

→ **Khǎu yang yùu thîi Chumporn.** ขายังอยู่ที่ชุมพร

→ 他還在春蓬府。

文法小筆記

    Rúe yang หรือยัง 是使用在詢問某人是否已經預先做好某件事，或者仍尚未做某件事的詞彙。它出現的位置總是在一個句子的結尾處。

1. 若回答「是」的話，在動詞後面加上 **láew** แล้ว（已經）即可。

2. 若回答「不是」的話，只要簡短地回答 **yang** ยัง（還沒）或者在動詞之前加上 **yang mâi** ยังไม่...（還沒……）即可。

第二部分

詞彙11～20

提問與回答

1. À-RAI อะไร 什麼？ 🎧 2-1

Nîi à-rai? นี่อะไร

這是什麼（距離較近的事物）？

→ *Nîi nangsěu.* นี่หนังสือ

→ 這是（一本）書。

Nân à-rai? นั่นอะไร

那是什麼（距離較遠的事物）？

→ *Nân wát.* นั่นวัด

→ 那是（一座）寺廟。

An níi à-rai? อันนี้อะไร

這個（東西）是什麼／這是什麼（東西）？

→ *An níi nangsěu-deun-thaang.* อันนี้หนังสือเดินทาง

→ 這個（東西）是（一本）護照。

An nán à-rai? อันนั้นอะไร

那個（東西）是什麼／那是什麼（東西）？

→ *An nán gra-bpǎu.* อันนั้นกระเป๋า

→ 那個（東西）是（一個）袋子／（一件）行李。

文法小筆記

在此，或許您已經察覺到「*nîi*」（นี่）與「*níi*」（นี้）兩種音調之間的差異。這是因為它們本身具備了不同的功能，即使它們兩者都是被翻譯為「這個」。假使它本身代表的是一種代名詞（「這個事物」）的功能的話，那麼它會發成 *nîi*（นี่）的音，但是假使它的功能在於描述（而且緊接在後的是）一個名詞的話，那麼它便會發成 *níi*（นี้）的音。這意謂著在上述的例子中，*an*（อัน）這個詞是一個名詞。事實上，它也是一個非常實用的小詞彙，代表了「事物／東西」的意思。

2. THÎI NǍI ที่ไหน（在）哪裡？ 🎧2-2

Khun yùu thîi nǎi?　คุณอยู่ที่ไหน

你住在哪裡？

→ *Phǒm yùu thîi Grungthêhp.*【通常會拼成 *Krungthep*】　ผมอยู่ที่กรุงเทพ

→ 我住在曼谷。

Bâan (khǒrng) khun yùu thîi nǎi?　บ้าน (ของ) คุณอยู่ที่ไหน

你（的）家在哪裡？

→ *Thîi thanǒn Sukhumwit.*　ที่ถนนสุขุมวิท

→ 在素坤逸路上。

Khun jà' bpai thîi nǎi?　คุณจะไปที่ไหน

你要去哪裡？

→ *Phǒm jà' bpai thîi rong-raem.*　ผมจะไปที่โรงแรม

→ 我要去飯店。

文法小筆記

所有格形容詞（khǒrng＋人稱代名詞）

　　「*khǒrng*」（ของ）這個詞可以翻譯成「的」，使用在指稱某人的所有。如同上述列舉的例子一般，「*bâan (khǒrng) khun*」（บ้าน (ของ) คุณ）指的是「你（的）家」的意思，不過在比較非正式的情況下，「*khǒrng*」（ของ）一詞通常是可以省略的。

未來式

　　「*jà'*」（จะ）這個詞（請注意詞尾的喉塞音，就像是發出一個 k 的音一般，但是它本身在泰語中並不會被書寫出來）表示的是一種未來的時態，代表了諸如「將要、會、想要……」的意思。在上述列舉的例子中，「（將）要」的時態便已經包含了這樣一種未來式的意義在內。

3. MÊUA-RÀI เมื่อไร 什麼時候／何時？ 🎧2-3

　　Khun jà' bpai mêua-rài? คุณจะไปเมื่อไร

　　你什麼時候／何時走？

　　→ *Phǒm jà' bpai wan níi.* ผมจะไปวันนี้

　　→ 我（男性）今天走。

　　→ *Chǎn jà' bpai phrûng níi.* ฉันจะไปพรุ่งนี้

　　→ 我（女性）明天走。

　　Khun maa thěung Grungthêhp mêua-rài? คุณมาถึงกรุงเทพเมื่อไร

　　你什麼時候／何時來／抵達曼谷的？

→ **Mêua waan níi.** เมื่อวานนี้

→ 昨天。

→ **Athít thîi láew.** อาทิตย์ที่แล้ว

→ 上個禮拜。

→ **Wan Phút.** วันพุธ

→ 星期三。

Mêua-rài khun jà maa? เมื่อไรคุณจะมา

你什麼時候／何時來？

4. THAM-MAI ทำไม 爲什麼／爲何？ 🎧 2-4

Khun maa Chiang Mai tham-mai? คุณมาเชียงใหม่ทำไม

你爲什麼來清邁？

→ **Maa thîau.** มาเที่ยว

→ 來旅遊／觀光。

→ **Maa thurá'.** มาธุระ

→ 來出差。

Tham-mai maa cháa? ทำไมมาช้า

你爲什麼來這麼晚／遲到？

→ **Rót dtìt.** รถติด

→ 塞車。

→ **Fǒn dtòk mâak.** ฝนตกมาก

→ 下大雨。

→ **Chǎn dtèun sǎi.** ฉันตื่นสาย

→ 我睡過頭了。

5. PHRÀ WÂA' เพราะว่า 因爲 🎧 2-5

Tham-mai khun mâi maa? ทำไมคุณไม่มา

你爲什麼沒有來？

→ *Phró' wâa leum.* เพราะว่าลืม

→ 因爲（我）忘記了。

Rau jamdâi, phró' wâa sămkhan mâak. เราจำได้ เพราะว่า สำคัญมาก

我們記得，因爲這很重要。

Jambpen dtông séu khâau, phró' wâa jà' mòt. จำเป็นต้องซื้อข้าวเพราะว่าจะหมด

（我／我們）需要買一些米，因爲米快要吃完了。

Khun khruu dù', phró' wâa dèk-dèk son. คุณครูดุเพราะว่าเด็กๆซน

老師生氣了，因爲孩子頑皮不聽話。

6. YANG-NGAI（非正式的）／YANG-RAI（正式的）
ยังไง 如何？ 🎧 2-6

Khun maa thîi nîi yang-ngai? คุณมาที่นี่ยังไง

你是如何／怎麼來這裡的？

→ *Maa taxi.* มาแท็กซี่

→ 搭計程車來的。

Phŏm jà' bpai Ayutthaya yang-ngai? ผมจะไปอยุธยายังไง

我要如何／怎麼去大城？

→ **Bpai thaang reua.**　ไปทางเรือ

→ 搭船去。

→ **Bpai rót yon.**　ไปรถยนต์

→ 坐車去。

Gin yang-ngai?　กินยังไง

如何／怎麼吃？

→ **Chái chórn.**　ใช้ช้อน

→ 用湯匙。

→ **Chái dta-gìap.**　ใช้ตะเกียบ

→ 用筷子。

☼ 請注意：「**chái**」（ใช้）這個詞其實是一個動詞，代表「使用」的意思，但是在很多地方直接翻譯成「用」即可。

7. KHRAI?　ใคร　誰？　🎧 2-7

Khǎu bpen khrai?　เขาเป็นใคร

他／她是誰？

→ **Khǎu bpen phêuan.**　เขาเป็นเพื่อน

→ 他／她是一個朋友。

Khrai phûut khá?　ใครพูดคะ

（電話中交談）是誰在說話呢？／請問您哪位？（女性使用的詢問句）

→ **Sǒmmǎi phûut.**　สมหมายพูด

→ 是 Sommai 在說話／我是 Sommai。

Khrai bòrk khun?　ใครบอกคุณ

誰告訴你的？

→ *Hŭa nâa bòrk.*　หัวหน้าบอก

→ 主管告訴我的。

Khun bpai shopping gàp khrai?　คุณไปชอปปิงกับใคร

你跟誰一起去購物？

→ *Bpai gàp Nók.*　ไปกับนก

→ 跟 Nok 一起去。

文法小筆記

　　有一些疑問詞，例如「何時／什麼時候」、「為何／為什麼」、「誰」等，並非總是一定要置放在句子的尾端，它們也可以放在句首的位置上。

8. THÂU-RAI? เท่าไร 多少？ 🎧2-8

Níi thâu-rai?　นี่เท่าไร

這個（東西）多少錢？

An níi thâu-rai?　อันนี้เท่าไร

那個（東西）多少錢？

Khun aayú thâu-rai?　คุณอายุเท่าไร

你幾歲？／你多大年紀？

→ *Chăn aayú' hòk-sìp bpii.*　ฉันอายุ 60 ปี

→ 我六十歲。

Naan thâu-rai?　นานเท่าไร

（需要）多長時間／多久？

→ *Bpra-maan sŏng chûa-mong.*　ประมาณสองชั่วโมง

→ 大約兩個小時。

Jàak sanăam-bin bpai rong-raem, naan thâu-rai?　จากสนามบินไปโรงแรมนานเท่าไร

從機場到飯店需要多長時間／多久的時間？

→ *Rau-rau khrêung chûamong.*　ราวราวครึ่งชั่วโมง

→ 大約半個小時。

數字

　　泰語的數字系統當相有規則，但還是有一些出乎人意料之外的詞彙。數字系統的運作方式如下：

1	一	nèung	หนึ่ง
2	二	sŏng	สอง
3	三	săam	สาม
4	四	sìi	สี่
5	五	hâa	ห้า
6	六	hòk	หก
7	七	jèt	เจ็ด
8	八	bàet	แปด
9	九	gâau	เก้า
10	十	sìp	สิบ

11	十一	sìp-èt	สิบเอ็ด
12	十二	sìp-sǒng	สิบสอง
13	十三	sìp-sǎam	สิบสาม
14	十四	sìp-sìi	สิบสี่
15	十五	sìp-hâa	สิบห้า
16	十六	sìp-hòk	สิบหก
17	十七	sìp-jèt	สิบเจ็ด
18	十八	sìp-bàet	สิบแปด
19	十九	sìp-gâau	สิบเก้า
20	二十	yîi-sìp sǒng-sìp	ยี่สิบ
21	二十一	yîi-sìp-èt	ยี่ สิบ เอ็ด
22	二十二	yîi-sìp-sǒng	ยี่สิบสอง
23	二十三	yîi-sìp-sǎam	ยี่สิบสาม
30	三十	sǎam-sìp	สามสิบ
40	四十	sìi-sìp	สี่สิบ
50	五十	hâa-sìp	ห้าสิบ
60	六十	hòk-síp	หกสิบ
70	七十	jèt-sìp	เจ็ดสิบ
80	八十	bàet-sìp	แปดสิบ
90	九十	gâau-sìp	เก้าสิบ
100	（一）百	róoi	หนึ่งร้อย or ร้อย
200	兩百	sǒng róoi	สองร้อย

300	三百	săam róoi	สามร้อย
400	四百	sìi róoi	สี่ร้อย
500	五百	hâa róoi	ห้าร้อย
600	六百	hòk róoi	หก ร้อย
700	七百	jèt róoi	เจ็ดร้อย
800	八百	bàet róoi	แปดร้อย
900	九百	gâau róoi	เก้าร้อย
1,000	（一）千	phan	หนึ่งพัน 或 พัน
2,000	兩千	sŏng phan	สองพัน
3,000	三千	săam phan	สามพัน
10,000	（一）萬	mèun	หนึ่งหมื่น 或 หมื่น
20,000	兩萬	sŏng mèun	สองหมื่น
100,000	十萬	săen	แสน
300,000	三十萬	săam săen	สามแสน
1,000,000	（一）百萬	láan	หนึ่งล้าน 或 ล้าน
4,000,000	四百萬	sìi láan	สี่ล้าน

　　學習泰語數字系統，一個非常重要的部分，在於熟記這一長串的數字單位，因為它們並不是按照西方的數字系統，諸如「ten thousand（萬）」、「one hundred thousand（十萬）」等規則來運作的。

☆ 請注意：如果要使用序數的話，我們只需要在基數前面加上「*thîi*」（ที่）（第）這個字即可，例如「*thîi hâa*」（ที่ ห้า）便是「第五」的意思。

9. GÌI? กี่ 幾／多少？ 🎧2-9

Gìi khon? กี่คน

幾位／多少人？

Khun mii lûuk gìi khon? คุณมีลูกกี่คน

你有幾個（位）小孩？

Gìi bàht? กี่บาท

幾泰銖（泰國貨幣單位）／多少錢？

→ **Róoi hâa-sìp bàht.** 150 บาท

→ 一百五十泰銖。

Gìi chûa-mong? กี่ชั่วโมง

幾（個）小時？

Pai Chiang Mai gìi chûa-mong? ไปเชียงใหม่กี่ชั่วโมง

到清邁要幾（個）小時？

Gìi wan? กี่วัน

幾天？

Gìi deuan? กี่เดือน

幾個月？

Gìi bpii? กี่ปี

幾年？

文法小筆記

　　在泰國，當我們在計算物品或者提到物品的數量時，我們會使用到量詞。每一項物品都有它專用的量詞，當您要說明某件物品的數量之時，您應該使用該項物品的專用量詞。例如說，「*khon*」（位）這個詞便是使用在計算人數的時候。泰語中量詞的基本模式如下：

名詞＋數字／數量＋量詞	
nák-sùek-sǎa sǎwng khon นักศึกษา 2 คน	兩位大學生 〔字面上的意思是：大學生＋兩＋位〕
maew sǎam tua แมว 3 ตัว	三隻貓 〔字面上的意思是：貓＋三＋隻〕

　　倘若您碰巧不知道應該使用哪一個正確的量詞，您也可以使用「*an*」（อัน）（個）這個詞作為一種中性的量詞，例如說，「*gìi an?*」（กี่ อัน）（幾個／多少個？）。

10. GÔR DÂI ก็ได้ ……都可以（隨自己高興） 2-10

> *Khun jà' gin à-rai?* คุณจะกินอะไร
>
> 你要吃什麼？
>
> → *Arai gôr dâi!* อะไรก็ได้
>
> → 什麼都可以！（隨你高興，我不介意）
>
> *Yùt thîi nǎi?* หยุดที่ไหน
>
> 在哪裡停車？

→ *Thîi năi gôr dâi.*　ที่ไหนก็ได้.

→ 哪裡都可以。

Mêua-rai òrk jàak hông níi?　เมื่อไรออกจากห้องนี้

什麼時候／何時離開這個房間？

→ *Mêua-rai gôr dâi.*　เมื่อไรก็ได้

→ 什麼時候都可以（隨你方便）。

Khrai jà' bpai séu ahăan?　ใครจะไปซื้ออาหาร

誰要去買飯／吃的？

→ *Khrai gôr dâi.*　ใครก็ได้

→ 誰都可以（誰都沒關係）。

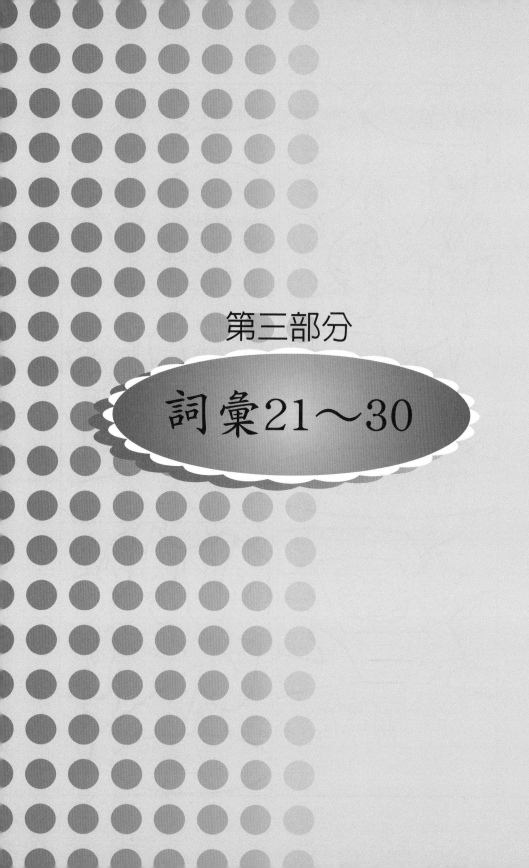

第三部分

詞彙21～30

點餐用語

1. HĬU หิว 餓　🎧 3-1

Khun hĭu mái? คุณหิวไหม

你餓嗎？

→ ***Hĭu nít nòi.*** หิวนิดหน่อย

→ 有一點餓。

→ ***Hĭu mâak.*** หิวมาก

→ 很餓。

→ ***Mâi hĭu.*** ไม่หิว

→ 不餓。

Hĭu náam. หิวน้ำ

口渴（字面上的意思是「我想要喝水」）。

Hĭu khâao. หิวข้าว

我想要吃飯（字面上的意思是「我想要吃米（飯）」——在泰語中，米（飯）可以說是一般性食物的代表總稱，因為米飯在泰國是最重要的食物之一）。

2. YÀAK อยาก 想要　🎧 3-2

Phŏm yàak gin ahăan Thai. ผมอยากกินอาหารไทย

我想要吃泰國菜（食物）。

Chăn yàak bpai Siam Square. ฉันอยากไปสยามสแควร์

我想去暹羅廣場。

Rau yàak gin thîi ráan rim. เราอยากกินที่ร้านริมน้ำ

我們想在一家河濱餐廳吃飯。

Khău yàak gin nai reua. เขาอยากกินในเรือ

他／她想在船上吃飯。

Phŏm mâi yàak gin bia. ผมไม่อยากกินเบียร์

我不想喝（泰語「吃」）啤酒。

3. KHŎR ขอ 請給我……（禮貌的請求） 🎧3-3

Khŏr menu. ขอเมนู

請給我菜單。

Khŏr khâao nèung môr. ขอข้าว 1 หม้อ

請給我一鍋飯。

Khŏr gaeng sŏng thîi. ขอแกง 2 ที่

請給我兩份咖哩（字面上的意思是「咖哩＋兩＋份」）

Khŏr náam săam gâeu. ขอน้ำ 3 แก้ว

請給我三杯水。

Khŏr Pepsi sìi khwàt. ขอเป๊บซี่ 4 ขวด

請給我四瓶百事可樂。

Khŏr gaafae hâa thûay. ขอกาแฟ 5 ถ้วย

請給我五杯咖啡。

此外還有別的用法。

Khǒr thôot.　ขอโทษ

抱歉／對不起。

4. AU เอา 要　 3-4

Phǒm au dtôm yam gung nèung thîi.　ผมเอาต้มยำกุ้ง 1 ที่
我要一份泰式酸辣海鮮湯。

Chǎn au khâao phàt nèung jaan.　ฉันเอาข้าวผัด 1 จาน
我要一盤炒飯。

Khun au bia mái?　คุณเอาเบียร์ไหม
你要啤酒嗎？

→ ***Mâi au!***　ไม่เอา

→ 不要！（請注意，若要否定回答的話，只需在重複的動詞之前加上「mâi」
　即可。）

→ ***Au Pepsi.***　เอาเป๊ปซี่

→ 我要百事可樂。

Khun au náam khěng dûai mái?　คุณเอาน้ำแข็งด้วยไหม
你要加冰嗎？

→ ***Au dûai.***　เอาด้วย

→（我）要加冰。

Au náam chaa rěu gaafae?　เอาน้ำชาหรือกาแฟ
你要茶還是咖啡？

→ *Au náam chaa.* เอาน้ำชา

→ 我要茶。

Au ìik! เอาอีก

我還要！

5. SÀI ใส่ 加 🎧 3-5

Sài nom nít nòi. ใส่นมนิดหน่อย

加一點牛奶。

Sài nám-dtaan nít nòi. ใส่น้ำตาลนิดหน่อย

加一點糖。

Mâi sài nom. ไม่ใส่นม

不加牛奶。

Mâi sài nám-dtaan. ไม่ใส่น้ำตาล

不加糖。

☼ 請注意：「*sài*」（ใส่）這個動詞有幾個不同的意思：「放入」、「插入」、「輸入／填入」、「穿上（衣物）」等。

6. CHÔRP ชอบ 喜歡 🎧 3-6

Phŏm chôrp gaeng néua. ผมชอบแกงเนื้อ

我喜歡咖哩牛肉。

Khău chôrp dtŏm yam gûng mâak. เขาชอบต้มยำกุ้งมาก

她非常喜歡泰式酸辣海鮮湯。

Faràng mâi chôrp thurian, měn mâak.　ฝรั่งไม่ชอบทุเรียน, เหม็นมาก

外國人不喜歡榴槤，味道很重／難聞。

Chǎn chôrp phèt.　ฉันชอบเผ็ด

我喜歡（吃）辣（的食物）。

Chǎn chôrp thúk yaang.　ฉันชอบทุกอย่าง

我喜歡各種食物。

Khun Manát chôrp bplaa mâak gwàa gài.　คุณมนัสชอบปลามากกว่าไก่

Manat 先生喜歡吃魚，更甚於雞肉。

☺ 請注意：當我們在作比較的時候，我們使用「*gwàa*」（กว่า）一詞來表示「比……
更……」的意思，例如說：「*dii gwàa*」（ดีกว่า）的意思為「更好」。

7. PHÈT เผ็ด 辣 🎧 3-7

Khun chôrp phèt mái?　คุณชอบเผ็ดไหม

你喜歡（吃）辣嗎？

→ *Chôrp phèt nít nòi.*　ชอบเผ็ดนิดหน่อย

→ 我喜歡（吃）一點辣／小辣。

→ *Chôrp phèt bpaan-glaang.*　ชอบเผ็ดปานกลาง

→ 我喜歡（吃）中辣。

→ *Chôrp phèt mâak.*　ชอบเผ็ดมาก

→ 我喜歡（吃）很辣。

→ *Mâi chôrp phèt leui.*　ไม่ชอบเผ็ดเลย

→ 我一點也不喜歡（吃）辣。

Gaeng gái níi phèt mâak.　แกงไก่นี้เผ็ดมาก

這個咖哩雞肉很辣。

Gaeng bplaa mâi khôi phèt.　แกงปลาไม่ค่อยเผ็ด

咖哩魚不會很辣。

Náam jîm phèt mâak-mâak!　น้ำจิ้มเผ็ดมากๆ

沾醬非常非常辣！

8. ARÒI อร่อย 好吃　3-8

Ahǎan Thai aròi mái?　อาหารไทยอร่อยไหม

泰國菜好吃嗎？

→ *Aròi mâak!*　อร่อยมาก

→ 非常好吃！

Gaeng phèt gài, aròi mái?　แกงเผ็ดไก่อร่อยไหม

辣咖哩雞好吃嗎？

Gaeng mǔu aròi gwàa gaeng gài.　แกงหมูอร่อยกว่าแกงไก่

咖哩豬肉比咖哩雞肉好吃。

Gaeng néua aròi thîi-sùt.　แกงเนื้ออร่อยที่สุด

咖哩牛肉最好吃。

☀ 請注意：我們可以如同上述例句一般，使用「*thîi-sùt*」（ที่สุด）一詞，將其置放於一個形容詞之後來表示「最」的意思。

9. ÌM อิ่ม 飽　🎧3-9

Ìm mái?　อิ่มไหม

（你）飽了嗎？

→ *Ìm láew.*　อิ่มแล้ว

→（我）飽了。

→ *Yang mâi ìm.*　ยังไม่อิ่ม

→ 還沒飽（我還想再吃）。

→ *Ìm mâak!*　อิ่มมาก

→（我）很飽了！

10. AHǍAN อาหาร 食物、菜餚　🎧3-10

請注意：這個詞的泰語拼音為「*aahǎan*」（อาหาร），但是開頭的「a」發的是短音。

ahǎan Thai	อาหารไทย	泰國菜
ahǎan cháau	อาหารเช้า	早餐／早飯
ahǎan thîang	อาหารเที่ยง	午餐／午飯
ahǎan yen	อาหารเย็น	晚餐／晚飯
ahǎan khǎm	อาหารค่ำ	宵夜

文化小筆記

泰國的餐桌禮儀

到訪泰國的旅客，大多數都會期待可以樂享泰國的美食。泰國美食以其豐富獨特的風味聞名於世，搭配上可口的醬汁與多樣的香料 —— 不是只有辣椒而已！您可以在許多優良的餐廳（*ráan ahǎan*）（ร้านอาหาร）和大飯店裡享用這些美食，但是若您選擇在許多路邊小吃攤享受美食的話，也請您務必謹慎選用，因為路邊攤提供的食物未必十分乾淨，而且大街上往來頻繁的交通工具製造出來的噪音，往往也是相當惱人的。

泰國美食主要是以湯匙和叉子享用，但是好比說麵食類的中式料理，則是以筷子食用較為恰當，或許您需要花費一點時間練習如何使用。當您在傳遞或者接收食物之時，請使用您的右手，因為使用左手在泰國被認為是有些失禮的。還有一點很重要的是，請不要伸手或者站立越過別人的頭頂，因為泰國人相信靈魂位於頭頂，頭頂上方的位置被普遍認為是一個不可侵犯的空間。

餐廳會優先服務在餐桌上最年長的長輩，年輕的一輩也會提供協助。在所有的人都獲得了應得的服務並且準備開始用餐之前，請您耐心等待。

米飯在泰國被認為一餐中最主要的部分，其他的菜餚只是搭配米飯的配菜而已，菜餚因此被統稱為「下飯菜」（*gàp-khâao*）（กับข้าว），字面上的意思是「搭配米飯的」。在您享用美食時，請先食用一口米飯，再佐以其他的配菜。不要將您自己的湯匙伸入大家共用的菜餚裡，倘若您要分菜給其他人的話，請使用公筷母匙。

當您在享用美食之時，最好搭配普通的飲用水（*nám bpláau*）

（น้ำเปล่า）即可。在泰國，人們習慣在用完餐之後才飲用飲品，而不是在用餐期間。倘若太多的辣椒讓您的口舌宛如火燒，您可以多食用一點白米飯，來緩和一下辛辣刺激的口感。用餐結束後，餐廳或許會提供一些水果，讓您的口齒有一點清新的感受。

　　若要召喚餐廳的服務人員（通常會是女性的服務人員）（*khon serp*（คนเสิร์ฟ），源自於英語的「服務」）的話，您只需要高舉您的手即可。若您是以手勢召喚服務人員的話，請將手指朝下示意，而不是朝上。泰國人會以 *nóng*（น้อง）（「小弟／小妹」）來稱呼服務人員，但是外國人也許並不習慣如此稱呼服務人員。

Cheun khráp. เชิญครับ

請（字面上的意思「我邀請你」）。

第四部分

詞彙31～40

購物與交涉

1. SÉU ชื้อ 買　🎧 4-1

Khun jà' séu à-rai? คุณจะซื้ออะไร

你要買什麼？

Phǒm/chǎn jà' séu gaang-geng. ผม/ฉันจะซื้อกางเกง

我（男性／女性）要買<u>褲子</u>。

用下述的詞彙來取代上述例句中畫線的部分：

sêua	เสื้อ	襯衫
sêua yêut	เสื้อยืด	短袖運動衫
gra-bprong	กระโปรง	裙子
nek tai	เนคไท	領帶
phâa mǎi	ผ้าไหม	絲綢
phâa fâai	ผ้าฝ้าย	棉布
chút norn	ชุดนอน	睡衣
gaang-geng	กางเกง	褲子
grà-pǎo	กระเป๋า	手提包／提袋
rawng-tháo	รองเท้า	鞋子

thŭng-tháo	ถุงเท้า	襪子
gradàat thít-chûu	กระดาษทิชชู่	（廁所用）衛生紙（非「一般用衛生紙巾」）
sabùu	สบู่	肥皂
yaa sĭi fan	ยาสีฟัน	牙膏
chaempuu	แชมพู	洗髮精
bpâeng	แป้ง	爽身粉

Séu rorng-tháau thîi năi? ซื้อรองเท้าที่ไหน

（我們）在哪裡買鞋子？

→ **Thîi.** ที่ตลาด

→ 在市場。

→ **Thîi hang.** ที่ ห้าง

→ 在百貨公司。

→ **Thîi supermarket.** ที่ซูเปอร์มาเก็ต

→ 在超級市場。

→ **Thîi chán săam.** ที่ชั้นสาม

→ 在三樓。

2. LÓT ลด 打折／算便宜 🎧 4-2

Lót dâi mái? ลดได้ไหม

可以打折／算便宜一點嗎？

→ **Lót mâi dâi.** ลดไม่ได้

→ 不能打折／算便宜。

→ *Lót dâi nít nòi.*　ลดได้นิดหน่อย

→ 可以算便宜一點。

→ *Lót láew.*　ลดแล้ว

→ 已經算便宜了。

Thîi supermarket lót mâi dâi.　ที่ซุปเปอร์มาเก็ตลดไม่ได้

在超級市場不能打折／算便宜。

文化小筆記

　　在泰國的任何一個市場裡，殺價都是可以接受的行為──泰國人也預期會有這樣的情況發生。一種殺價的方法是將賣家一開始出的價錢減半，然後再提高一半的價錢，如此得出的結果應該是相當合理的價錢。開給外國人的價錢總是比開給本國人的價錢來得高，因此，如果你可以殺到比較低一點的價錢的話，已經算是相當不錯了。但是絕對不要嘗試在超級市場或者百貨公司殺價，這是行不通的。

3. NÒI DÂI-MÁI　หน่อยได้ไหม　可以……嗎？　🎧4-3

Lót nòi dâi mái?　ลดหน่อยได้ไหม

可以打折／算便宜一點嗎？

Lót ìik nòi dâi mái?　ลดอีกหน่อยได้ไหม

可以再便宜一點嗎？

Khǒr lorng nòi dâi mái?　ขอลองหน่อยได้ไหม

我可以試穿一下嗎？

Khǒr doo sêua nòi dâi mái?　ขอดูเสื้อตัวนั้นหน่อยได้ไหม

可以給我看一下那件襯衫嗎？

Khǒr gaafae rórn nòi dâi mái.　ขอกาแฟร้อนหน่อยได้ไหม

請給我熱咖啡。

文法小筆記

　　「*nòi*」（หน่อย）（字面上的意思是一點／一下）以及「*dâi mái*」（ได้ไหม）（可以……嗎？）兩個詞可以分開來使用，您只需要將其中一個詞放在句子的句尾，便可以造出一個提出請求的句子來。但是您也可以使用「*nòi dâi mái*」（หน่อยได้ไหม）這個組合詞彙，來提升您說話的禮貌程度。

4. KHANÀAT ขนาด 尺寸 SǏI สี 顏色 🎧4-4

Khanàat nǎi?　ขนาดไหน

哪一個尺寸？

☼ 請注意：「*nǎi*」（ไหน）這個詞所代表的意思是從許多的可能性中作出一個選擇（哪一個？）「*à-rai*」（อะไร）則是代表「什麼」的意思，我們在這裡不能使用這個詞。

→ *Khanàat lék.*　ขนาดเล็ก

→ S（小）尺寸。

→ *Khanàat glaang.*　ขนาดกลาง

→ M（中）尺寸。

→ *Khanàat yài.*　ขนาดใหญ่

→ L（大）尺寸。

→ *Khanàat ber bàet.*　ขนาดเบอร์แปด

→ 八號尺寸。

Sĭi à-rai?　สีอะไร

什麼顏色？

→ *Sĭi dam*　สีดำ

→ 黑色。

→ *Sĭi daeng*　สีแดง

→ 紅色。

→ *Sĭi khăau*　สีขาว

→ 白色。

→ *Sĭi khăau*　สีเขียว

→ 綠色。

→ *Sĭi nám-ngoen*　สีน้ำเงิน

→ 寶藍色。

→ *Sĭi fáa*　สีฟ้า

→ 淺藍色。

→ *Sĭi lŭeang*　สีเหลือง

→ 黃色。

→ *Sĭi sôm*　สีส้ม

→ 橘色。

→ *Sǐi chom-phou*　สีชมพู

→ 粉紅色。

→ *Sǐi mûang*　สีม่วง

→ 紫色。

→ *Sǐi nám-taan*　สีน้ำตาล

→ 棕色。

請注意：我們在顏色的名詞之前重複「*sǐi*」（สี）（色）這個詞，來具體說明這個顏色。

5. MII มี 有　🎧 4-5

Mii (sêua) sǐi fáa mái?　มีเสื้อสีฟ้าไหม

有淺藍色的（襯衫）嗎？

Mii khanàat yài mái?　มีขนาดใหญ่ไหม

有 L（大）尺寸嗎？

Mii dtôm yam gûung mái?　มีต้มยำกุ้งไหม

有泰式酸辣海鮮湯嗎？

6. PHA-NÀEK แผนก 部門　🎧 4-6

pha-nàek sêua phâa　แผนกเสื้อผ้า

服飾部門

pha-nàek rohng táu　แผนกรองเท้า

鞋子部門

pha-nàek grabpǎu　แผนกกระเป๋า

皮包提袋部門

Pha-nàek sêua-phâa yùu thîi năi?　แผนกเสื้อผ้าอยู่ที่ไหน

服飾部門在哪裡？

→ *Yùu chán sìi.*　อยู่ชั้นสี่

→ 在四樓。

7. KHĂAI　ขาย　賣　🎧 4-7

Khăai gài yâang.　ขายไก่ย่าง

（我們）賣烤雞。

Rau khăai komputêr.　เราขายคอมพิวเตอร์

我們賣電腦。

Rau khăai bplìik.　เราขายปลีก

我們是零售商／零售販賣。

Rau khăai sòng.　เราขายส่ง

我們是批發商／批發販賣。

Khít raakhaa khăai sòng.　คิดราคาส่ง

算我批發的價錢。

Khít raakhaa khon Thai.　คิดราคาคนไทย

算我泰國人的價錢。

8. JĂAI จ่าย 付錢 🎧 4-8

Phǒm jàai ngeun sòt.　ผมจ่ายเงินสด

我付現金。

Chǎn jàai dûai bàt kredit.　ฉันจ่ายด้วยบัตรเครดิต

我用信用卡付款。

Rau jàai dûai chék.　เราจ่ายด้วยเช็ค

我們用支票付款。

Khǎu jàai khròp/tháng-mòt.　เขาจ่ายครบทั้งหมด

他支付所有的／全部的金額。

→ **Jàai thii dîau.**　จ่ายทีเดียว

→ 一次付清。

→ **Jàai phon sòng.**　จ่ายผ่อนส่ง

→ 分期支付。

→ **Jàai athit lá'nèung róoi bàht.**　จ่ายอาทิตย์ละร้อยบาท

→ 每週（一週）支付一百泰銖。

→ **Jàai deuan lá' sìi róoi bàht.**　จ่ายเดือนละสี่ร้อยบาท

→ 每月（一個月）支付四百泰銖。

→ **Jàai bpii lá' hâa phan bàht.**　จ่ายปีละห้าพันบาท

→ 每年（一年）支付五千泰銖。

9. CHÂU เช่า 租賃 🎧 4-9

Châu rót.　เช่ารถ　　租車。

用下述的詞彙來取代上述例句中畫線的部分：

modtersai	มอเตอร์ไซค์	摩托車
bâan	บ้าน	房子
apartmen	อพาร์ตเมนท์	公寓
kondo/hohng-chut	คอนโด/ห้องชุด	公寓大廈

Châu rót raa-khaa thâu-rài? เช่ารถราคาเท่าไร

租車多少錢／租車的價格多少？

→ ***Athít lá' hâa róoi bàht.*** อาทิตย์ละห้าร้อยบาท

→ 一個星期五百泰銖。

→ ***Deuan lá' sŏng phan bàht.*** เดือนละสองพันบาท

→ 一個月兩千泰銖。

→ ***Mèun sŏng phan bàht dtòr hòk deuan.*** หมื่นสองพันบาทต่อหกเดือน

→ 六個月一萬兩千泰銖。

也請試比較「***mău rót***」（เหมารถ）（包車）的用法（例如說，旅行團包車前往泰國內陸地區旅遊）。

10. KHÂA ค่า 價格／費用 🎧 4-10

khâa châu ค่าเช่า

租賃價格

Khâa châu bâan thâu-rài? ค่าเช่าบ้านเท่าไร

房子的租金多少錢？

Khâa châu rót thâu-rài? ค่าเช่ารถเท่าไร

汽車的租金多少錢？

Khâa taxi thâu-rài? ค่าแท็กซี่เท่าไร

計程車的費用多少錢？

第五部分

詞彙41～50

四處走走

1. BPAI ไป 去　🎧5-1

Chǎn jà bpai Chiang Mai yang-ngai? ฉันจะไปเชียงใหม่ยังไง

我要如何／怎麼去清邁？

→ ***Bpai rót bas.*** ไปรถบัส

→ 搭巴士去。

→ ***Bpai rót fai.*** ไปรถไฟ

→ 搭火車去。

→ ***Bpai khrêuang bin.*** ไปเครื่องบิน

→ 搭飛機去。

Phǒm jà bpai Wat Phra Kaew yang-ngai? ผมจะไปวัดพระแก้วยังไง

我要如何／怎麼去玉佛寺？

→ ***Bpai rót fai fáa.*** ไปรถไฟฟ้า

→ 搭捷運去。

→ ***Bpai rót may.*** ไปรถเมล์

→ 搭公共汽車去。

→ ***Bpai reua.*** ไปเรือ

→ 搭船去。

Mûea-waan-níi khun bpai nǎi maa? เมื่อวานนี้คุณไปไหนมา

昨天你去了哪裡？

→ *Mûea-waan-níi chăn bpai ráan-aa-hăn.*   เมื่อวานนี้ฉันไปร้านอาหาร

→ 昨天我去了餐廳。

Phrûng-níi khun jà-bpai-năi?   พรุ่งนี้คุณจะไปไหน

明天你要去哪裡？

→ *Phrûng-níi phŏm jà bpai thá-le.*   พรุ่งนี้ผมจะไปทะเล

→ 明天我要去<u>海邊</u>。

用下述的詞彙來取代上述例句中畫線的部分：

mâe-náam	แม่น้ำ	河邊
phuu-khao	ภูเขา	山上
náam-tòk	น้ำตก	瀑布
rohng-phá-yaa-baan	โรงพยาบาล	醫院
rohng-năng	โรงหนัง	電影院
rohng-raem	โรงแรม	飯店
rohng-rian	โรงเรียน	學校
kli-nik	คลินิก	診所
sathăanii dtamruat	สถานีตำรวจ	警察局
sathăanii rót fai	สถานีรถไฟ	火車站
sathăan thûut	สถานทูต	大使館
hâang	ห้าง	百貨公司

ráan-aa-hăan	ร้านอาหาร	餐廳
ráan-kaa-fae	ร้านกาแฟ	咖啡館
ráan-năng-sŭe	ร้านหนังสือ	書店
thá-na-khaan	ธนาคาร	銀行
prai-sà-nii	ไปรษณีย์	郵局
má-hăa-wít-thá-yaa-lai	มหาวิทยาลัย	大學
wát	วัด	寺廟
tàlàat	ตลาด	市場
phí-phít-thá-phan	พิพิธภัณฑ์	博物館
ATM	เอทีเอ็ม	自動存款提款機

Thá-na-khaan bpai thaang năi? ธนาคารไปทางไหน

去銀行往哪一個方向？

→ *Bpai thaang sáai.* ไปทางซ้าย

→ 往左。

→ *Deun dtrong bpai.* เดินตรงไป

→ 往前直走。

→ *Lîau khwăa.* เลี้ยวขวา

→ 往右轉。

→ *Bpai thaang níi.* ไปทางนี้

→ 走這條路。

→ *Bpai thaang nán.* ไปทางนั้น

→ 走那條路。

> *Wát Pho bpai thaang năi?* วัดโพธิ์ไปทางไหน
>
> 臥佛寺怎麼去？
>
> → *Bpai rót may săay 56.* ไปรถเมล์สาย 56
>
> → 搭五十六號公共汽車去。
>
> → *Bpai rót taxi.* ไปรถแท็กซี่
>
> → 搭計程車去。

☼ 請注意：「*năi*」（ไหน）這個詞的意思是「哪裡」，通常與動詞「*bpai*」（「去」）一起使用。

文法小筆記

　　不論您談論的是過去的事情或是現在的事情，泰國語的動詞形式都不會改變。但是倘若您談論的是未來的事情，您可以將「*jà*」（將要）這個詞置放在動詞的前面，但是這並不是絕對必要的。

> *Chăn bpai tàlàat.* ฉันไปตลาด
>
> 我去市場。
>
> *Chăn bpai tàlàat.* ฉันไปตลาด
>
> 我去（了）市場。
>
> *Chăn (jà) bpai tàlàat.* ฉัน(จะ)ไปตลาด
>
> 我（要）去市場。

2. KHÊUN ขึ้น 爬上／坐上（某種交通工具）／改善

 5-2

Khêun rót fai thîi năi? ขึ้นรถไฟที่ไหน

在哪裡（坐）上火車？

→ ***Thîi Hŭa-lampong.*** ที่หัวลำโพง

→ 在華藍蓬（曼谷的火車總站）。

→ ***Thîi sathăanii rót fai.*** ที่สถานีรถไฟ

→ 在火車站。

Khêun Bandai. ขึ้นบันได

爬（上）樓梯。

Khêun chán bon. ขึ้นชั้นบน

上樓。

Khêun chán bon-sùt. ขึ้นชั้นบนสุด

爬上頂樓。

Khêun líp bpai chán sìp. ขึ้นลิฟท์ไปชั้นสิบ

搭乘電梯到十樓。

Dii khêun. ดีขึ้น

改善／變好。

Tham hâi piŭ khăau khêun. ทำให้ผิวขาวขึ้น

讓（您的）皮膚變白。

♪ 請注意上述最後兩個例句中字詞的排列順序。

3. LONG ลง 下降／下（某種交通工具）🎧5-3

Phŏm long rót thîi Siam Square. ผมลงรถที่สยามสแควร์

我在暹羅廣場下（公共汽）車／下（了公共汽車）車。

Chăn long rót fai thîi sathăanii Sămsěn. ฉันลงรถไฟที่สถานีสามเสน

我在三昇車站下（火）車／下（了火）車。

Rau long rót bas thîi sathăn thûut Australia. เราลงรถบัสที่สถานทูตออสเตรเลีย

我們在澳洲大使館下（了）巴士。

Khău long rót taxi thîi Sŭansàt Dusit. เขาลงรถแท็กซี่ที่สวนสัตว์ดุสิต

他在律實動物園下（了）計程車。

Khău long khrêuang bin thîi Phuket. เขาลงเครื่องบินที่ภูเก็ต

她在普吉下（了）飛機。

但是

Chăn long reua thîi Thammasat. ฉันลงเรือที่ธรรมศาสตร์

我在法政大學站上（了）船。

☼ 請注意：這是一個例外——您必須走下河岸才能夠上船，因此這裡使用「*long*」
（下）的動詞，而不是「*khêun*」（上）的動詞。倘若您要説明「下（了）船」的話，
您必須使用「*khêun fàng*」（ขึ้นฝั่ง）（上河岸）的用詞。

4. JORNG จอง 預約／訂位　🎧5-4

Phŏm jorng thîi nâng săam thîi.　ผมจองที่นั่งสามที่

我預訂了三個座位。

Chăn jorng dtŭa săam thîi.　ฉันจองตั๋วสามที่

我預訂了三張票。

📖 請注意：在上述兩個例子中，「**thîi**」（ที่）（場所／位置）這個詞是一個用來計數座位或者票券的量詞（三個座位／三張票）。這樣的語法可以使用在巴士、火車、飛機的座位或者票券上，或者甚至使用在餐廳或者在大學講堂的座位上。

Rau jà' jorng hông nèung hông.　เราจะจองห้องหนึ่งห้อง

我們想要預訂一間房間。

📖 請注意：再一次提醒，這個例句中第二個出現的「**hông**」（ห้อง）一詞，是一個用來計數房間的量詞。

Hông dîau	ห้องเดี่ยว	單人房，或者
Hông khûu	ห้องคู่	雙人房。

或者您可以說

Dtiang dîau	เตียงเดี่ยว	單人床，或者
Dtiang khûu.	เตียงคู่	雙人床。

5. GLAI ไกล 遠；GLÂI ไกล้ 近 🎧 5-5

因為這兩個詞雖然有著完全相反的意義，但是它們在發音上卻只有一個音調的差異而已，因此我們在這裡將它們一起條列出來。請注意下述例句中字詞的順序。

Jàak Grungthêhp bpai Ayutthia glai mái? จากกรุงเทพไปอยุธยาไกลไหม

從曼谷到阿瑜陀耶遠嗎？

→ ***Glai mâak.*** ไกลมาก

→ 很遠。

Glai mâak khâe-nǎi? ไกลมากแค่ไหน

多遠？

Glai gìi giloh? ไกลกี่กิโล

幾公里遠？

→ ***Rau-rau róoi giloh.*** ราวราวร้อยกิโล

→ 一百公里左右。

Jàak Grungthêhp bpai Phuket glai mái? จากกรุงเทพไปภูเก็ตไกลไหม

從曼谷到普吉遠嗎？

→ ***Glai mâak.*** ไกลมาก

→ 很遠。

→ ***Gìi giloh?*** กี่กิโล

→ 幾公里？

→ ***Mâi rúu.*** ไม่รู้

→（我）不知道。

→ *Mâi sâap.*　ไม่ทราบ

→（我）不清楚。（比較正式／有禮貌的説法）

7-Eleven yùu glai mái?　เซเว่นอีเลฟเว่นอยู่ไกลไหม

7-Eleven 離這裡遠嗎？

→ *Glâi.*　ใกล้

→ 很近。

→ *Glâi mâak.*　ใกล้มาก

→ 很近。

→ *Deun bpai dâi.*　เดินไปได้

→ 可以走路去。

→ *Deun sìp-hâa nathii.*　เดินสิบห้านาที

→ 走路十五分鐘。

→ *Khêun rót hâa nathii.*　ขึ้นรถห้านาที

→ 坐車五分鐘。

6. THÀNǑN ถนน 路：SOI ซอย 巷弄　🎧 5-6

Sathǎan-thûut Australia yùu thîi nǎi?　สถานทูตออสเตรเลียอยู่ที่ไหน

澳洲大使館在哪裡？

Thànǒn à-rai?　ที่ถนนอะไร

在什麼路上？

→ *Thîi thànǒn Sathorn dtâi.*　ที่ถนนสาทรใต้

→ 在沙吞南路上。

Rong-raem Mandarin yùu thîi năi? โรงแรมแมนดารินอยู่ที่ไหน

文華酒店在哪裡？

→ ***Thîi thànŏn Phra Ram 4.*** ที่ถนนพระรามสี่

→ 在拉瑪王路四號。

☼ 請注意：「***thànŏn***」（ถนน）（路）這個詞通常指的是一條主要幹道。一座城市的主要幹道兩側（這一條主要幹道可能很長）的巷道，我們稱它們為「***soi***」（ซอย）（巷弄），並且為它們編列號碼，一側是奇數，另一側是偶數。因此當您在尋找某個住址的時候，重點在於注意這個住址是位於哪一條「***soi***」（巷弄）上，以及它所在的門牌號碼。門牌號碼通常會用一條橫斜線表示（***tháp***（ทับ）），例如說334/5。

khâam thànŏn ข้ามถนน

穿越馬路／過馬路

deun dtaam thànŏn เดินตามถนน

沿著這條路走

glaang thànŏn กลางถนน

路中間

7. KHÂNG ข้าง 側 🎧 5-7

khâng nâa	ข้างหน้า	前方
khâng lăng	ข้างหลัง	後方
khâng bon	ข้างบน	上方／樓上
khâng lâang	ข้างล่าง	下方／樓下

但是，如果您要表示左方及右方的話，

| thaang sáai | ทางซ้าย | （在）左手邊 |
| thaang kwăa | ทางขวา | （在）右手邊 |

8. THĔUNG ถึง 抵達／到達 5-8

Bpai thĕung Phuket dton-năi?　ไปถึงภูเก็ตตอนไหน

我們何時／什麼時候抵達／到普吉？

Chái wehlaa deun thaang sŏng chûamong.　ใช้เวลาเดินทาง 2 ชั่วโมง

去到那裡需要兩個小時的時間。

Rau maa thĕung bâan wan Jan.　เรามาถึงบ้านวันจันทร์

我們星期一到家。

bpai thĕung dtrong wehlaa	ไปถึงตรงเวลา	準時抵達
bpai thĕung săai	ไปถึงสาย	遲到
bpai thĕung cháa	ไปถึงช้า	誤點

9. JANGWÀT จังหวัด 府（常見的拼法是 Changwat）

5-9

bpai dtàang jangwàt　ไปต่างจังหวัด

去其他的省府（離開首都曼谷，到其他的省府去）

Jangwàt Grabii [Krabiit] mii chaihàat sŭay mâak.　จังหวัดกระบี่มีชายหาดสวยมาก

喀比府有很漂亮的海灘。

Jangwàt Surin mii cháang maak.　จังหวัดสุรินทร์มีช้างมาก

素輦府有很多大象。

Jangwàt Chiangrai mii phukháu sǔung.　จังหวัดเชียงรายมีภูเขาสูง

清萊府有高山。

Jangwàt Chiang Mai mii aagàat dii.　จังหวัดเชียงใหม่มีอากาศดี

清邁府有好的氣候／清邁府的氣候良好。

☆ 請注意：泰國的一個省府還可以細分為「郡」（泰語稱為「*ampheu*」（อำเภอ），也可以拼為「*amphur*」）和「次郡」（泰語稱為或者「*dtambon*」（ตำบล）或者「*tambon*」）。在「郡」和「次郡」底下，還有最低的層級—「村」（泰語稱為「*mùu-bâan*」（หมู่บ้าน））。

10. WÁT วัด 寺廟 🎧 5-10

Wát Phrá' Gâeo　วัดพระแก้ว

玉佛寺（位於曼谷市中心）

Wát Phoh　วัดโพธิ์

臥佛寺

Wát Baworn（也拼作 *Bovornives*）　วัดบวร

屈波汪僧皇寺（作為泰國佛教最高領袖的所在地而聞名，其教學及冥思課程也頗負盛名）

Wát Arun　วัดอรุณ

黎明寺

Wát Phră'Sǐi Mahǎathâat　วัดพระศรีมหาธาตุ

瑪哈泰寺（是泰國南部那空是貪瑪吶府最古老的寺廟名稱）

Wát Phráthâat Doi Suthêhp　พระธาตุดอยสุเทพ

雙龍寺（是清邁最負盛名的寺廟名稱）

文化小筆記

　　泰國國內擁有成千上萬座寺廟，這是因為泰國是一個佛教國家。泰國的佛教類型與斯里蘭卡、緬甸與柬埔寨的佛教類型相同，也就是說，他們都信仰小乘佛教。他們的神職人員（僧侶）穿著獨特的黃色、橘色或者赤褐色的袈裟，並且剃光他們的頭髮。

　　在首都曼谷有數座大型且相當聞名的寺廟，都是前來泰國旅遊的觀光客必訪之地，您可以仔細觀賞這些寺廟本身的建築與裝飾。在市內還有一些比較不為人知的寺廟，也非常值得前往參訪。您可以自由進出參觀──沒有人會向您搭話！但是您必須仔細觀察泰國人在寺廟時應有的禮儀，並且遵守他們的寺廟禮儀：

⑴ 在踏入一棟建築物之前，請脫下您的鞋子（給您放鞋子的地方都是很乾淨，而且非常安全的）。
⑵ 請穿著整齊清潔的服裝──千萬不要裸露您的大腿與胸部。
⑶ 若您坐在地板上，千萬不要將您的雙腳指向佛像的方向。
⑷ 千萬不要觸碰或者攀爬任何一座佛像（拍照的話是沒問題的）。

　　泰國人對任何一種有意或者無意地不尊重佛教宗教的態度極為敏感，包括對大大小小的佛像表現出輕蔑或不尊重的態度等。因為在泰國，這些

佛像都被認為是充滿無限的神聖力量的（*saksit*（ศักดิ์สิทธิ์））。

　　倘若有僧侶想要練習他的外語能力的話，請務必與他交談！您應該先向他行以合十敬禮「*waai*（ไหว้）」來打招呼，但是他並不會回禮（僧侶只有在對他們的上位者才會行以合十敬禮）。女性請千萬不要觸碰僧侶，即使是他們的袈裟，這包括給予僧侶或者從他們那裡接受某些物品——請先將此物品放下。這是因為僧侶必須遵守一套非常嚴格的生活規範（這稱為「*Vinaya*（วินัย）」），其中包括必須禁慾（不准與女性結婚，或者與女性有任何接觸）。他們在中午過後便開始禁食，直到隔天早上他們帶著缽外出化緣為止。

　　施予僧侶一些食物，或者其他類似的慈善行為，會為我們帶來一些宗教信仰上所謂的福報（*bun*（บุญ）），這可以幫助我們創造一些在現世以及在來世更美好的生活條件。您也許會有興趣閱讀一本簡易的關於佛教信仰及其宗教實踐的小手冊，包括例如說佛教的五大戒律：

　　不殺生。（不妄殺眾生之生命。）

　　不偷盜。（不巧取豪奪非分之財物為己有。）

　　不邪淫。（夫婦以外之任何男女，不得苟且。）

　　不妄語。（說實話，不為自己的利益說謊。）

　　不飲酒。（包括麻醉品與興奮劑等。）

　　您會看見上述這些戒律並非被表述成一種「戒令」，反而比較像是一種提醒人們謹慎小心，要能做出明智判斷的生活指南。但是，當然並不是所有的泰國人都能嚴格遵守這些戒律！

　　僧侶的大部分時間都是在寺廟裡度過，他們在寺廟裡誦經（使用巴利語，這是佛陀使用的古代語言）、舉行儀式、向信徒傳道、讀書做研究、

並且提供信徒諮詢解惑的可能性。假使他們受到邀請的話，他們也會在寺廟以外舉行誦經儀式，吟唱一些諸如祝福喬遷的經文，傳達他們對一個即將開始居住的房子或者一場即將展開的事業的祝福。有一些僧侶會在學校裡教授倫理學，有一些則是將他們的一生都奉獻在冥思與靜修上。

第六部分

詞彙51～60

家庭與朋友

1. PHÔR พ่อ 父親／爸爸　🎧 6-1

Khun phôr tham ngaan thîi opfít.　พ่อทำงานที่ออฟฟิศ

（我的）父親在辦公室工作。

Khun phôr ayú' thâu-rai?　คุณพ่ออายุเท่าไร

（你的）父親幾歲／多大年紀？

→ **Khun phôr ayú' hâa-sìp-bpii.**　คุณพ่ออายุ 50 ปี

→（我的）父親五十歲。

Khun mâe yùu thîi năi?　คุณแม่อยู่ที่ไหน

（你的）母親住在哪裡？

→ **Thîi Isăn, jangwàt Khon-gaen.**　ที่อีสานจังหวัดขอนแก่น

→ 住在東北部的坤敬府。

✿ 請注意：「*khun*」（คุณ）此一稱號置放在親屬稱謂之前，就如同上述的例子所列舉一般，表示對親屬的敬意，無論是對自己的父親或者某人的父親所做的敬稱。相同的道理也適用在母親、叔伯或者姑姨身上。將「*khun*」翻譯成「先生」或者「女士」很明顯地並不恰當。

「*Isăn*」（อีสาน）（東北部）是泰國六大地區的其中一個。這個名稱的意思是「東北部」，這些地區被稱為「*phâak*」（ภาค）（部），但是它們並非像「府」等行政區一般，並不屬於正式的行政區劃分。

其他的親屬稱謂：

phôr dtaa	พ่อตา	岳父（妻子的父親）
phôr phǔa	พ่อผัว	公公（丈夫的父親）
phôr sǎamii	พ่อสามี	公公（更正式／更有禮貌的說法）
phôr bâan	พ่อบ้าน	戶長
phôr líang	พ่อเลี้ยง	繼父

2. MÂE แม่ 母親／媽媽 🎧 6-2

Khun mâe tham ahǎan nai khrua.　คุณแม่ทำอาหารในครัว
母親在廚房做飯。

Mâe au khayá' bpai thíng.　แม่เอาขยะไปทิ้ง
媽媽拿垃圾去丟。

Mâe bâan sák phâa.　แม่บ้านซักผ้า
管家洗衣服。

mâe phǔa	แม่ผัว	婆婆（丈夫的母親）
mâe yaai	แม่ยาย	岳母（妻子的母親）
mâe líang	แม่เลี้ยง	繼母
phôr-mâe	พ่อแม่	雙親（父親和母親）

Phôr-mâe rák lûuk. พ่อแม่รักลูก

父母親愛（他們的）孩子。

Phôr-mâe mii lûuk sŏng khon. พ่อแม่มีลูกสองคน

（我的）父母親有兩個小孩。

Phôr-mâe sĭa chiiwít láew. พ่อแม่เสียชีวิตแล้ว

（我的）父母親已經過世了。

請注意：「***sĭa chiiwít***」（เสียชีวิต）（過世，字面上的意思是「失去生命」）這種表述方式是比較恭敬或者正式的，相對比較平易的說法是「***dtai***」（ตาย）（死亡）。

3. PHÎI พี่ 比較年長的兄姊：NÓNG น้อง 比較年幼的弟妹 🎧 6-3

phîi-nóng	พี่น้อง	兄弟姊妹（集合名詞）

其他的稱謂：

phîi săaw	พี่สาว	姊姊
phîi chaay	พี่ชาย	哥哥
náwng săow	น้องสาว	妹妹
náwng chaay	น้องชาย	弟弟
phîi khĕui	พี่เขย	姊夫（姊姊的丈夫）
nóng khĕui	น้องเขย	妹夫（妹妹的丈夫）
phîi saphái	พี่สะใภ้	嫂子（哥哥的妻子）
nóng saphái	น้องสะใภ้	弟媳（弟弟的妻子）

| phîi líang | พี่เลี้ยง | 保姆／奶媽 |

文化小筆記

　　比起西方社會，泰國社會似乎對人際之間的關係保有更大的興趣，這尤其在家族之間的關係上更明顯可見。但是泰國社會的「家族」概念其實是比我們一般人所認知的家族概念更為擴大延伸的，他們不只囊括了擁有真正血緣關係的親族，甚至也將其他不具血緣關係，但是有所接觸的人也包含在內。這是為什麼在泰國即便實際上沒有親屬關係的人，也可以稱呼彼此為「*phîi*」（พี่）（哥哥／姊姊）或者「*nóng*」（น้อง）（弟弟／妹妹）的原因，端看他們的年紀比說話者大或者小。如此一來，每一個人都可以被適切地納入地位階層的框架中，並且因此了解到相互之間的義務責任。在「家族」階層中，比較年幼的成員必須聽從且接受比較年長的成員的意見與判斷。這可以就年長成員提供協助與保護的層面而言，為年幼的成員們帶來一些好處，但是也可能在面臨到上對下專制獨裁的層面上，造成年幼成員們某種程度的挫敗與怨憤。

　　因此在泰國社會中，兄弟姊妹之間的稱謂劃分乃是建立在年齡的差異上，而不是在性別上——相同的稱謂同時適用於男性的與女性的兄弟姊妹稱謂上。

　　關於泰國社會親族關係的稱謂，請參閱第 126 至 127 頁的部分。

4. MIA เมีย 老婆（非正式的稱謂）；PHAN-RÁ-YAA ภรรยา 妻子（正式的稱謂） 🎧6-4

Phŏm phaa phan-rá-yaa bpai hăa mŏr. ผมพาภรรยาไปหาหมอ

我帶妻子去看醫生。

Mia thórng. เมียท้อง

老婆懷孕。

mia nói เมียน้อย 小老婆（非正式的、第二個妻子；情婦）

5. PHŬA ผัว 老公（非正式的、不禮貌的）；SĂAMII สามี 丈夫（正式的） 🎧6-5

Săamii khŏng chăn bpen khon dii. สามีของฉันเป็นคนดี

我的丈夫是（一個）好人。

Săamii tham ngaan nàk. สามีทำงานหนัก

（我的）丈夫努力／勤奮工作。

Phŭa khîi-mao, mâi dii. ผัวขี้เมาไม่ดี

（有個）酒鬼老公不是一件好事。

6. PHÊUAN เพื่อน 朋友，夥伴 🎧6-6

Rau bpen phêuan gan. เราเป็นเพื่อนกัน

我們是朋友。

Rau rák phêuan. เรารักเพื่อน

我們愛朋友。

Khău mii phêuan mâak.　เขามีเพื่อนมาก

他／她有很多朋友。

其他稱謂：

phêuan khûu-jai	เพื่อนคู่ใจ	信賴的朋友
phêuan bâan	เพื่อนบ้าน	鄰居
phêuan chaai	เพื่อนชาย	男性朋友
phêuan yĭng	เพื่อนหญิง	女性朋友

但是

faen	แฟน	女朋友／男朋友（源自英語的「fan」，粉絲、愛慕者的意思！）

文化小筆記

拜訪朋友

　　當您前去拜訪朋友的時候，千萬不要忘記您必須在踏進房屋或者公寓之前，脫下您的鞋子。這樣的規則適用於任何一位泰國人的家，但是不適用在進入公共建築物時，除非有標示告訴您：「*garunaa thòrt rohng-tháau*」（กรุณาถอดรองเท้า）「懇請您脫去您的鞋子。」

　　泰國人非常樂於臥坐在地板上（墊子上），即使是在用餐的時候。在

這樣的情況下，務必謹慎注意不要將您的腳指向其他人，因為這樣的行為被認為是極為粗魯無理的。

　　請您千萬不要站立在某人的頭頂上方，而且如果您必須越過某人的肩膀，將某個事物傳遞過去的話，請對他說「*Khǒr thôot*」（ขอโทษ）（對不起／抱歉）。

　　到朋友家拜訪，並不一定要攜帶禮物或者伴手禮，但是倘若您能夠貢獻一些食物或者飲料的話，主人會非常感激。

7. BÂANG บ้าง ……些（別的）（結合疑問詞一同使用）🎧 6-7

☺ 請注意：倘若問題的答案有可能不只一個的話，可以在疑問詞之後加上「*bâang*」這個詞。

> *Krâwp-krua khǎwng khun mii krai bâang?* ครอบครัวของคุณมีใครบ้าง
>
> 你的家裡有些什麼人？
>
> → *Mii phâw, mâe, phîi-chaay, náwng-sǎow kàp phǒm.* มีพ่อ แม่ พี่ชาย น้องสาว กับ ผม
>
> → 有爸爸、媽媽、哥哥、妹妹和我

> *Khun mii phêuan chûe àrai bâang?* คุณมีเพื่อนชื่ออะไรบ้าง
>
> 你的泰國朋友們叫些什麼名字？
>
> → *Mii chûe Nid, Kai, Taai, kàp Joy.* มีชื่อ นิด ไก่ ต่าย กับ จอย
>
> →（他們的）名字叫尼德、凱、泰和喬伊。

> *Khun chôrp bpai-thîaw thîi-nǎi bâang?* คุณชอบไปเที่ยวที่ไหนบ้าง
>
> 你喜歡前往哪些地方參訪？

→ *Chǎn chôrp bpai-thîaw Chiang Mai, Phuket, kàp Krabi.* ฉันชอบไปเที่ยวเชียงใหม่

ภูเก็ต กับ กระบี่

→ 我喜歡前往清邁、普吉和喀比參訪。

8. RǓE หรือ 或者／還是 🎧6-8

Khun mii phîi sǎaw rǔe phîi-chaay? คุณมีพี่สาวหรือพี่ชาย

你有姊姊或是哥哥嗎？

Khun chôrp aa-hǎan Thai rǔe aa-hǎan Amerigan? คุณชอบอาหารไทยหรืออาหารอเมริกัน

你喜歡泰國菜還是美國菜？

9. DTÀENG-NGAAN แต่งงาน 結婚／已婚 🎧6-9

Khun dtàeng-ngaan rěu yang? คุณแต่งงานหรือยัง

你結婚了嗎？

→ *Dtàeng-ngaan láew.* แต่งงานแล้ว

→（我）結婚了。

→ *Bpen sòht.* เป็นโสด

→（我）還是單身。

→ *Yâek-gan yùu.* แยกกันอยู่

→ 現在分居中。

→ *Yàa láew.* หย่าแล้ว

→（我）離婚了。

→ *Bpen mâe-mâai.* เป็นแม่หม้าย

→（我）是寡婦（丈夫已經死亡）。

→ *Bpen phôr-mâai.*　เป็นพ่อหม้าย

→（我）是鰥夫（妻子已經死亡）。

10. JAI　ใจ　心　🎧 6-10

Phôr bpen khon yang-ngai?　เขาเป็นคนยังไง

（你的）父親是什麼樣的人？

→ *Phôr (bpen khon) jai-dii.*　พ่อ (เป็นคน) ใจดี

→ 父親（是一個）很好心／親切的（人）。

jai-yen	ใจเย็น	冷靜的、心平氣和的
jai-rórn	ใจร้อน	不耐煩的、沒有耐心的
jai-dam	ใจดำ	冷酷的、無情的
jai-ráai	ใจร้าย	殘忍的、刻薄的
jai-gwâang	ใจกว้าง	慷慨大方的、寬容的、胸襟寬闊的
jai-khâep	ใจแคบ	心胸狹窄的

　　泰語中有許多將「*jai*」（ใจ）（心）這個詞包含在內的有趣表述，有些表述可以幫助我們理解泰國人的價值觀。我們在這裡特別選出一些泰語特有的表述來供您參考（有一些是名詞，有一些是動詞，有一些則是形容詞）：

grengjai	เกรงใจ	設想周到的、體諒人的
jing-jai	จริงใจ	衷心的、眞誠的
khòrp-jai	ขอบใจ	感謝！（非正式的說法）
khâu-jai	เข้าใจ	理解
bplìan jai	เปลี่ยนใจ	改變心意
jèp-jai	เจ็บใจ	傷人的
jai-ngâai	ใจง่าย	（女性）隨便的、容易受騙的
jai-dtên	ใจเต้น	興奮的、滿心雀躍的
jai-loy	ใจลอย	心不在焉的、魂不守舍的
jai-sĭa	ใจเสีย	灰心的、氣餒的、沮喪的
cheun-jai	ชื่นใจ	歡喜的、開心的
nám-jai	น้ำใจ	仁慈的、親切的、好客的
sŏn-jai	สนใจ	（對⋯⋯）感興趣、熱中（於⋯⋯）
wăan-jai	หวานใจ	甜心、親愛的
hŭa-jai	หัวใจ	（解剖學上的）心臟

第七部分

詞彙61～70

娛樂

1. THÎAU เที่ยว 觀光、旅遊／旅行、遊玩　🎧7-1

bpai thîau	ไปเที่ยว	渡假旅遊、四處走走（找樂子）、（夜間）出門遊玩
thîi thîau	ที่เที่ยว	觀光景點、渡假勝地
maa thîau	มาเที่ยว	（到某人的家裡）參觀訪問
bpai thîau glaang kheun	ไปเที่ยวกลางคืน	深夜出遊

Bpai thîau gan theu'... ไปเที่ยวกันเถอะ

我們一起出去玩（找樂子）……。

2. DUU ดู 觀看　🎧7-2

duu thiiwii thîi bâan	ดูทีวีที่บ้าน	在家看電視
bpai duu năng	ไปดูหนัง	去看電影

請注意：泰國語的「*fiim*」（ฟิม）一詞指的只是攝影用的感光膠片而已。

duu show	ดูโชว์	看秀／觀賞秀

Mii show lăai yàang. มีโชว์หลายอย่าง

有許多種類的秀。

Mii show dtorn dtèuk.	มีโชว์ตอนดึก	
有深夜秀。		

dii lakhorn	ดูละคร	看戲／觀賞戲劇
duu gilaa	ดูกีฬา	觀看體育比賽
khâa duu	ค่าดู	入場費

3. LÊN เล่น 玩、參加（競賽）、演奏（樂器） 🎧7-3

deun lên	เดินเล่น	散步
gin lên	กินเล่น	吃點心
phûut lên	พูดเล่น	開玩笑
norn lên	นอนเล่น	打盹、打瞌睡、小睡
lên gilaa	เล่นกีฬา	參加（體育）競賽
lên fútbon	เล่นฟุตบอล	踢足球
lên dondtrii	เล่นดนตรี	演奏音樂
lên gii-dtâa	เล่นกีต้าร์	彈／演奏吉他

4. DTÊN เต้น 跳舞；RAM รำ 泰國傳統舞蹈 🎧7-4

ram Thai	รำไทย	古典泰國舞蹈
ram wong	รำวง	民俗舞蹈（一對一對的男女在一個大圓圈中移動）
ram séung	รำเซิ้ง	源自東北部的一個民俗舞蹈的名稱

Mii dtên ago-go thîi night-club.　มีเต้นอโกโก้ที่ไน้ท์คลับ

有一家夜店可以跳阿哥哥舞。

Phǒm chôrp dtên.　ผมชอบเต้น

我喜歡跳舞。

Phǒm dtên/ram mâi bpen.　ผม เต้น/รำ ไม่เป็น

我不會跳／表演泰國的傳統舞蹈。

Khun dtên/ram gàp phǒm mái?　คุณเต้น/รำ กับผมไหม

妳要和我一起跳／表演泰國舞蹈嗎？

5. PLEHNG เพลง 歌／音樂 🎧 7-5

rórng plehng	ร้องเพลง	唱歌
fang plehng	ฟังเพลง	聽音樂
dtàeng plehng	แต่งเพลง	譜寫一首歌（曲）、創作音樂
nák dtàeng plehng	นักแต่งเพลง	作曲家、音樂創作人
thamnorng plahng	ทำนองเพลง	曲調、旋律
néua plehng	เนื้อเพลง	歌詞
plehng châat	เพลงชาติ	國歌
plehng Thai deum	เพลงไทยเดิม	泰國原創（傳統）歌曲／音樂
plehng Thai saagon	เพลงไทยสากล	泰國流行歌曲／音樂
plehng faràng	เพลงฝรั่ง	西洋歌曲／音樂
plehng pheun-bâan	เพลงพื้นบ้าน	民俗歌曲／音樂

6. SÀNÙK สนุก 有趣、享受 🎧7-6

Bpai thîau Chiang Mai sànùk. ไปเที่ยวเชียงใหม่สนุก

前往清邁觀光旅遊享受很多樂趣。

Rórng plehng sànùk mâak. ร้องเพลงสนุกมาก

唱歌非常有樂趣。

| nâa-sanùk | น่าสนุก | 令人愉快的、有樂趣的 |
| sanùk dii | สนุกดี | 很好玩、很開心 |

7. NÂA น่า 值得······ 🎧7-7

這是一個附加在動詞前面的前綴詞，代表「······有魅力的」、「······吸引人的」、「值得······」

Ráan-aa-hǎan ráan níi nâa gin. อาหารร้านนี้น่ากิน

餐廳的菜看起來很好吃。

Chiang Mai nâa thîaw. เชียงใหม่น่าเที่ยว

清邁值得一遊。

Nǎng rêuang níi nâa duu. หนังเรื่องนี้น่าดู

這部電影非常值得一看。

Nǎng-sěu lêm níi nâa àan. หนังสือเล่มนี้น่าอ่าน

這本書非常值得一讀。

Plehng Thai nâa sǒn-jai. เพลงไทยน่าสนใจ

泰國歌曲／音樂聽起來很有趣。

8. PEN เป็น 會／知道怎麼做；MÂI PEN ไม่เป็น 不會／不知道怎麼做 🎧7-8

> *Chăn lên gii-tâa pen tàe lên mâi pen.*　ฉันเล่นกีตาร์เป็น แต่เล่นเปียโนไม่เป็น
>
> 我會彈吉他，但是不會彈鋼琴。
>
> *Chăn wâay-náam pen tàe khìi jàk-gà-yaan mâi pen.*　ฉันว่ายน้ำเป็น แต่ขี่จักรยานไม่เป็น
>
> 我會游泳，但是不會騎腳踏車。
>
> *Khun lên football pen mái?*　คุณเล่นฟุตบอลเป็นไหม
>
> 你會踢足球嗎？

☺ 請注意：在談論關於能力／才能之時，除了上述的用法之外，您也可以使用「*dâi/mâi dâi*」（ได้/ไม่ได้）（可以／不可以）。「*dâi/mâi dâi*」（可以／不可以）的用法比起「*pen/mâi pen*」（會／不會）的用法具有更廣泛的意義，因為前者不僅意謂著您不會（不知道如何）做某件事，同時也意謂著您的身體實際上並無法勝任某件事。

9. GWÀA กว่า 比……更……（使用來做比較的詞彙）；MÂAK GWÀA มากกว่า 更甚 🎧7-9

☺ 請注意：在泰語中，我們將「*gwàa*」（กว่า）一詞置放於形容詞或者副詞之後，來形成比較級的用法。

主詞＋形容詞／副詞＋*gwàa*＋主詞

> *Krung-thep rórn gwàa Chiang Mai.*　กรุงเทพร้อนกว่าเชียงใหม่
>
> 曼谷比清邁（更）熱。
>
> *Chăn chôrp aa-hăan thai mâak gwàa aa-hăan jiin.*　ฉันชอบอาหารไทยมากกว่าอาหารจีน

我喜歡泰國菜更甚於中國菜。

Phŏm chôrp rórng-plehng mâak gwàa dtên. ผมชอบเต้นมากกว่าร้องเพลง

我喜歡唱歌更甚於跳舞。

10. THÌ-SÙT ที่สุด 最 🎧 7-10

☀ 請注意：在泰語中，我們將「*thîi sùt*」（ที่สุด）一詞置放於形容詞或者副詞之後，來形成最高級的用法。

主詞＋形容詞／副詞＋*thîi sùt*

Chăn chôrp duu năng mâak thîi sùt. ฉันชอบดูหนังมากที่สุด

我最喜歡看電影。

Mâe khŏrng phŏm jai dii thîi sùt. แม่ของผมใจดีที่สุด

我的媽媽人最好心／親切。（字面上的意思是「我的媽媽是最好心／親切的人。」）

Thá-le thîi Phuket sŭai thîi sùt. ทะเลที่ภูเก็ตสวยที่สุด

普吉的海最漂亮。

Aa-hăan Thai phèt thîi sùt. อาหารไทยเผ็ดที่สุด

泰國菜最辣。

第八部分

詞彙71～80

講述與對話

1. WÂA ว่า 同英語「that」的用法　🎧8-1

文法小筆記

　　此一詞彙出現在動詞之後，用來傳達某人所講述的內容。它等同於英語「that 子句」的用法，表示其所述說的內容，或者也可以翻譯為「是否」（提問的時候），或者當它代表的是一個子句的時候，根本不需要翻譯出來。詳細的用法請參閱以下的例子。

2. BÒRK บอก 講述、告知、訴說　🎧8-2

Khun Tony bòrk wâa, khǎu chôrp bia Cháang.　คุณโทนีบอกว่าเขาชอบเบียร์ช้าง
湯尼先生說他喜歡大象牌啤酒。

Khǎu bòrk wâa, mii mia láew.　เขาบอกว่ามีเมียแล้ว
他說他已經有老婆了。

Chǎn bòrk Mali wâa, yàa gèp ngeun thîi bon dtók.　ฉันบอกมะลิว่าอย่าเก็บเงินที่บนโต๊ะ
我跟瑪麗說不要拿桌子上的錢。

Bòrk mâi thùuk.　บอกไม่ถูก
很難說清楚。

3. PHÛUT พูด 説 🎧 8-3

Phûut phaasăa Anggrìt dâi mái? พูดภาษาอังกฤษได้ไหม

你可以（會）説英語嗎？

→ **Phûut dâi nít nòi.** พูดได้นิดหน่อย

→ 我可以（會）説一點。

☼ 請注意「**dâi**」（ได้）這個詞在這裡的排列順序。

→ **Phûut cháa-cháa nòi, (khráp/kà).** พูดช้าๆหน่อย (ครับ/ค่ะ)

→（請）説慢一點。

Khâu phûut gèng. เขาพูดเก่ง

他／她很會説話。

☼ 請注意：「**gèng**」（เก่ง）這個詞的意思是「有技巧的、精通某事的」，置放於它
所指稱的動詞之後。

Chau bâan phûut. ชาวบ้านพูด

村民們在閒聊（講閒話）。

4. THĂAM ถาม 詢問（問題） 🎧 8-4

Khun Nók thăam wâa rau jà' maa mêua-rài. คุณนกถามว่าเราจะมาเมื่อไร

諾克先生問我們什麼時候／何時到。

Thăam wâa...   ถามว่า   請問一下……

Jerry thăam wâa rau mii wehlaa réu bplàu.　เจอรีถามว่าเรามีเวลาหรือเปล่า

傑瑞問我們有沒有時間。

☺ 請注意：泰語中若要表達一種條件句意義上的「如果」的意思，可以使用「*thâa*」

（ถ้า）一詞。例如說，「*Thâa yàang nán...*」（ถ้าอย่างนั้น）（如果是這樣的

話……）。

5. BPLAE แปล（經由解釋、翻譯來）表達……意思、 翻譯 🎧8-5

Bplae wâa...	แปลว่า	這意謂著……／也就是說……

Nîi bplae wâa à-rai? นี่แปลว่าอะไร

這是什麼意思？

Chûay bplae jòtmăi jàak faen.　ช่วยแปลจดหมายจากแฟน

請（幫我）翻譯（我的）女朋友寫來的這封信。

6. RÎAK เรียก 叫、稱爲…… 🎧8-6

Khŏng níi rîak wâa à-rai? ของนี้เรียกว่าอะไร

這個東西叫／稱作什麼？

Phonlamái níi rîak wâa mangkhút.　ผลไม้นี้เรียกว่ามังคุด

這個水果叫／稱作山竹果。

Rîak dtamrùat! เรียกตำรวจ

叫警察！

7. KHÍT คิด 覺得、認為、估計 🎧 8-7

Khău khít wa khon Thai jai dii mâak. 他覺得泰國人很親切。		เขาคิดว่าคนไทยใจดีมาก

khwaam khít	ความคิด	思想
khít lêhk	คิดเลข	總結（字面上的意思是「計算數字」）

Khít ngeun dûai. คิดเงินด้วย

（請）算錢／結帳。

Khít mâi òrk. คิดไม่ออก

算不出來。

khít thĕung	คิดถึง	思念／想念（書信結語詞）
lorng khít duu	ลองคิดดู	仔細思考

☼ 請注意：「*lorng*」（ลอง）一詞的意思為「嘗試」，因此這段話的意思「嘗試思考看看某事物會出現為什麼樣子」。

8. RÚU รู้ 知道 🎧 8-8

Chăn rúu wâa khăo chôrp gin aa-hăan Thai. ฉันรู้ว่าเขาชอบกินอาหารไทย

我知道他喜歡吃泰國菜。

Khun rúu mái wâa ráan gaa-fae pòet gìi-mong? คุณรู้ไหมว่าร้านกาแฟเปิดกี่โมง

你知道咖啡館什麼時候／幾點開門嗎？

Phŏm mâi rúu wâa rong-raem yùu thîi-năi. ผมไม่รู้ว่าโรงแรมอยู่ที่ไหน

我不知道這家飯店在那裡。

9. WĂNG หวัง 希望 🎧 8-9

Chăn wăng wâa jà pai sà-năam-bin than we-laa.　ฉันหวังว่าจะไปสนามบินทันเวลา
我希望可以準時抵達機場。

Prûng-níi wăng wâa fŏn jà mâi tòk.　พรุ่งนี้หวังว่าฝนจะไม่ตก
明天希望不會下雨。

| khwaam wăng | ความหวัง | 希望 |
| khít wăng | ผิดหวัง | 失望 |

10. RÚU-SÙEK รู้สึก 感覺 🎧 8-10

Chăn rúu-sùek wâa khăo mâi chôrp chăn.　ฉันรู้สึกว่าเขาไม่ชอบฉัน
我感覺他不是很喜歡我。

Phŏm rúu-sùek wâa wan níi rórn mâak.　ผมรู้สึกว่าวันนี้ร้อนมาก
我感覺今天很熱。

文法小筆記

「Rúu-sùek」（รู้สึก）（感覺）可以使用來談論或者表達您的感覺或感受。

Bpen yàng-ngai bâang?　เป็นยังไงบ้าง
你好嗎？（你的情況如何？）
→ **Rúu-sùek <u>nùeay</u>.**　รู้สึกเหนื่อย
→（我）感覺<u>累</u>。

用下述的詞彙來取代上述例句中畫線的部分：

mâi sà-baai	ไม่สบาย	不舒服
ngûang-nawn	ง่วงนอน	昏昏欲睡／想睡覺
bùea	เบื่อ	無聊
aay	อาย	害羞
glua	กลัว	害怕／恐懼

bùea	เบื่อ	無聊
gròt	โกรธ	氣憤／憤怒
glua	กลัว	害怕／恐懼
tùen-tên	ตื่นเต้น	興奮

sĭa-jai	เสียใจ	悲傷／難過
gròt	โกรธ	氣憤／憤怒
dii-jai	ดีใจ	開心／高興
rórn	ร้อน	（炎）熱
tùen-tên	ตื่นเต้น	興奮
năow	หนาว	（寒）冷

第九部分

詞彙81～90

健康與身體

1. BRÙAT ปวด 疼痛　🎧9-1

bpùat hǔa	ปวดหัว	頭痛
thórng	ปวดท้อง	胃痛
fan	ปวดฟัน	牙痛
hǔu	ปวดหู	耳朵痛
lǎng	ปวดหลัง	背痛
khǎa	ปวดขา	腿疼痛

2. JÈP เจ็บ 受傷、疼痛　🎧9-2

Jèp dtrong níi? เจ็บตรงไหน

哪裡受傷／疼痛？

→ **Jèp dtrong níi.** เจ็บตรงนี้

→ 這裡受傷／疼痛。

| jèp khor | เจ็บคอ | 喉嚨痛 |
| jèp-taa | เจ็บตา | 眼睛痛 |

3. BPEN เป็น 9-3

bpen wàt	เป็นหวัด	感冒

Khau bpen wàt. เขาเป็นหวัด
他感冒了。

用下述的詞彙來取代上述例句中畫線的部分：

bpen khâi	ไข้	發燒
bpen khâi wàt	ไข้หวัด	罹患流行性感冒
bpen phlǎe	แผล	受傷（割傷、疼痛的地方）
bpen lom	เป็นลม	覺得暈眩
bpen rôhk AIDS	โรคเอดส์	罹患愛滋病（AIDS）（發音「ehd」）
bpen gaam-má-rôhk	กามโรค	罹患性病
bpen maigren	ไมเกรน	患有偏頭痛
bpen hòrp-hèut	หอบหืด	患有氣喘

4. PHÁE แพ้ 過敏 9-4

Chǎn pháe aa-hǎan thá-le. ฉันแพ้อาหารทะเล
我對海鮮過敏／我有海鮮過敏症。

用下述的詞彙來取代上述例句中畫線的部分：

pháe thùa	แพ้ถั่ว	花生過敏
pháe yaa	แพ้ยา	藥物過敏
pháe aa-gàat	แพ้อากาศ	花粉熱
pháe fùn	แพ้ฝุ่น	灰塵過敏
pháe khŏn maew/mǎa	แพ้ขนแมว/หมา	貓／狗過敏
yaa gâe pháe	ยาแก้แพ้	（用以治療過敏症狀的）抗組胺藥

5. AAGAAN อาการ 症狀　🎧 9-5

Aagaan bpen yang-rai?　อาการเป็นอย่างไร

（你的）症狀是什麼／（你）有什麼症狀？

→ **Aagaan mâi dii.**　อาการ ไม่ ดี

→ 症狀不太好。

aajian	อาเจียน	嘔吐	（非正式的說法：ûak（อ้วก）嘔吐）
bpen khâi sǔung	เป็นไข้สูง	發高燒	
wian-hǔa	เวียนหัว	暈眩	
norn mâi láp	นอนไม่หลับ	失眠	

Gin ahǎan mâi dâi.　กินอาหารไม่ได้

（我）吃不下／沒胃口。

ai	ไอ		咳嗽
thórng deun	ท้องเดิน		肚子痛
thórng sǐa	ท้องเสีย		拉肚子

| thórng rûang | ท้องร่วง | 腹瀉 |
| nám mûuk lǎi | น้ำมูกไหล | 流鼻水 |

6. YAA ยา 藥物 9-6

chìit yaa	ฉีดยา	注射藥物／打針
yaa mét	ยาเม็ด	藥片、藥丸
yaa náam	ยาน้ำ	藥水
yaa gâe ai	ยาแก้ไอ	止咳糖漿
yaa yòrt dtaa	ยาหยอดตา	滴眼液、眼藥水
bai sang yaa	ใบสั่งยา	處方
yaa thàay	ยาถ่าย	瀉藥
yaa bâa	ยาบ้า	安非他命（興奮劑）
yaa sùup	ยาสูบ	菸草
mau yaa	เมายา	藥物成癮

7. HǍAI หาย 治癒、恢復、（疾病）消失 9-7

Hǎai bpùai réu yang? หายป่วยหรือยัง

（你的）病已經好了嗎？

Hǎai láew. หายแล้ว

病已經好了。（字面上的意思：（疾病）已經消失了。）

Hǎai jèp mái? หายเจ็บไหม

受傷（疼痛）好了嗎？

8. DTÔRNG ต้อง　必須　🎧9-8

Khun pen wàt dtôrng gin ya.　คุณเป็นหวัด ต้องกินยา

你感冒了，必須吃藥。

Dtôrng phák phòrn.　ต้องพักผ่อน

（你）必須休息一下。

Dtôrng pai hăa mŏr.　ต้องไปหาหมอ

（你）必須去看醫生。

Dtôrng pai rong-phá-yaa-baan.　ต้องไปโรงพยาบาล

（你）必須去醫院。

9. THÙUK ถูก　被動式　🎧9-9

此一詞彙使用在被動式的語句中，指涉一些暴力的或者不愉快的事件發生。例如說：

thùuk dtii	ถูกตี	被撞
thùuk dtòy	ถูกต่อย	被揍、被毆打
thùuk jàp	ถูกจับ	被逮捕
thùuk khà-moi	ถูกขโมย	被偷竊

Khăo thùuk rót chon.　เขาถูกรถชน

他被車子撞。

Dèk thùuk măa gàt.　เด็กถูกหมากัด

小孩被狗咬。

10. KHÛEN ขึ้น 變得更…… 🎧 9-10

此一詞彙使用來指涉某些事物已經獲得改善。例如說：

dii khûen	ดีขึ้น	變好／改善
sǔay khûen	สวยขึ้น	變得更漂亮
sǔung khûen	สูงขึ้น	長得更高
gèng khûen	เก่งขึ้น	變得更聰明、更靈巧

Mêua waan níi pùat hǔa tàe dii khûen láew. เมื่อวานนี้ปวดหัว แต่ดีขึ้นแล้ว

（我）昨天頭痛，但是（今天）已經變好了。

Thâa aa-gaan mâi dii khûen khun dtôrng pai hǎa mǒr. ถ้าอาการไม่ดีขึ้น คุณต้องไปหาหมอ

如果症狀沒有改善的話，你必須去看醫生。

文化小筆記

身體的各個部位

　　在泰國文化中，不同的身體部位必須給予不同程度的尊重。務必謹記的是，泰國人特別重視身體的三大主要部位：頭部、手部和腳部。泰國人不喜歡被人觸碰到身體的這三大部位。

　　頭部：在泰國，頭部被認為是整個身體中最受尊重且最重要的部位。無論是基於什麼樣的理由，您都不可以觸碰任何一個人的頭部。

　　手部：不要用您的食指指向任何一個人。還有，當您給予他人或者從他人接受某些事物之時，以及將食物放入嘴巴之時，使用您的右手是比較

可接受且有禮貌的方式。這是因為左手是在上完廁所後為自己做清潔的時候使用。

　　腳部：在泰國，腳部被認為是身體中最骯髒的部位，因為它們與地面直接接觸。因此不要將您的腳（無論有沒有穿鞋）指向別人，或者指向佛像或者泰國皇室成員的照片。還有千萬不要使用您的腳來移動任何事物，或者接觸任何人。最後要提醒的是，千萬不要用腳橫跨過一個平躺著的人的身體的任何一個部位。

第十部分

詞彙91～100

旅遊／銀行相關／使用電話與網路

1. RÓT รถ 交通／運輸工具（字面上的意思是：「車」）

🎧 10-1

Mii rót-fai pai Chiang Mai gìi-mong? มีรถไฟไปเชียงใหม่กี่โมง

幾點／什麼時候有到清邁的火車？

Rót-fai àwk gìi-mong? รถไฟออกกี่โมง

火車幾點／什麼時候離開？

Rót-fai thǔeng gìi-mong? รถไฟถึงกี่โมง

火車幾點／什麼時候抵達？

Khûen rót thîi chaan-chaa-laa nǎi? ขึ้นรถที่ชานชาลาไหน

在哪一個月臺上車？

rót-may	รถเมล์	（沒有空調的）公共汽車
rót-thua	รถทัวร์	（附有空調的）觀光／旅遊巴士
pâay-rót-may	ป้ายรถเมล์	公共汽車站
rót-fai-fáa	รถไฟฟ้า	空中捷運（BTS）
rót-fai-tâi-din	รถไฟใต้ดิน	地鐵捷運（MRT）
rót-sǒng-thǎew	รถสองแถว	雙排迷你巴士
rót-fai	รถไฟ	火車
rót-tham-má-daa	รถธรรมดา	普通車

rót-rew	รถเร็ว	快車（非全車種都附有臥鋪）
ròt-dùan	รถด่วน	快車（附有臥鋪）
ròt-dùan-phí-sèt	รถด่วนพิเศษ	特快車
khâa-rót	ค่ารถ	車資／票價
rót-gĕng	รถเก๋ง	轎車
rót-dtôu	รถตู้	廂型車

2. DTŬA ตั๋ว 車票 🎧10-2

Khăw jawng dtŭa pai Pattaya săwng thîi-nâng. ขอจองตั๋วไปพัทยาสองที่นั่ง

我要預訂兩張到芭達雅的對號車票。

Khâa-dtŭa thîaw-diaw thâo-rài? ค่าตั๋วเที่ยวเดียวเท่าไร

單程票多少錢？

Khâa-dtŭa pai-klàp thâo-rài? ค่าตั๋วไปกลับเท่าไร

來回票多少錢？

khâa-dtŭa	ค่าตั๋ว	票價
hâwng-khăay-dtŭa	ห้องขายตั๋ว	售票處
thîaw-diaw	เที่ยวเดียว	單程（票）
pai-klàp	ไปกลับ	來回（票）
hâwng-khăay-dtŭa	ห้องขายตั๋ว	售票處

3. HÀANG ห่าง 遙遠（距離）🎧10-3

Chiang Mai yùu hàang jàak Krungthep gìi gìloh? เชียงใหม่อยู่ห่างจากกรุงเทพกี่กิโล

清邁距離曼谷多遠（字面上的意思是：多少公里）？

Rong-raem yùu hàang jàak sà-năam-bin prà-maan yîi sìp naa-thii.

โรงแรมอยู่ห่างจากสนามบินประมาณ 20 นาที

酒店距離機場大概二十分鐘的距離。

4. PHÁK พัก 停留、留宿 🎧10-4

Pai-thîaw Phuket khun phák thîi-năi? ไปเที่ยวภูเก็ต คุณพักที่ไหน

你在普吉住哪裡？

Phŏm khít wâa jà phák rong-raem. ผมคิดว่าจะพักโรงแรม

我想我會在這家酒店留宿一晚。

hŏr phák	หอพัก	宿舍
phák phòrn	พักผ่อน	休息、放鬆
phák rórn	พักร้อน	渡假

📖 請注意：「*phák*」（พัก）同時也意謂著「稍事休息」。例如說：

Phák hâa naa thii. พัก 5 นาที

休息五分鐘。

5. HÔRNG ห้อง 房間 🎧10-5

Mii hôrng wâang mái? มีห้องว่างไหม

有空的房間嗎?

Jorng hôrng dâi mái? จองห้องได้ไหม

可以預訂一間房間嗎?

Hôrng dtiang dìaw rǔe dtiang khûu? ห้องเตียงเดี่ยวหรือเตียงคู่

(您要)單人床的房間還是雙人床的房間?

Khǒr plìan hôrng dâi mái? ขอเปลี่ยนห้องได้ไหม

我可以換房間嗎?(字面上的意思是:可以幫我換房間嗎?)

Khôr duu hôrng dâi mái? ขอดูห้องได้ไหม

我可以(先)看一下房間嗎?(字面上的意思是:可以給我看一下房間嗎?)

hôrng nám	ห้องน้ำ	浴室
hôrng norn	ห้องนอน	臥室
hôrng khrua	ห้องครัว	廚房
hôrng ae	ห้องแอร์	有空調的房間
hôrng tham-má-daa	ห้องธรรมดา	普通房

6. NGEUN เงิน 金錢 🎧10-6

Khǒr lâek dollar bpen ngeun bàht? ขอแลกดอลลาร์เป็นเงินบาท

我可以把美元兌換成泰銖嗎?(字面上的意思是:可以讓我把美元兌換成泰銖嗎?)

Khǒr lâek-ngoen nùeng-rói dawn-lâa. ขอแลกเงิน 100 ดอลลาร์

我想要兌換一百美元的外幣。（字面上的意思是：請讓我兌換一百美元的外幣。）

Khǒr thǒrn-ngeun sǎwng-phan bàat. ขอถอนเงิน 2,000 บาท

我想要存兩千泰銖。（字面上的意思是：請讓我存兩千泰銖。）

Khǒr bank hâa rói bàht sǒrng bai? ขอแบงค์ห้าร้อยบาทสองใบ

可以給我兩張五百泰銖的紙鈔嗎？

lâek-ngeun	แลกเงิน	兌換外幣
thǒrn-ngeun	ถอนเงิน	提錢
fàak-ngeun	ฝากเงิน	存錢
on-ngeun	โอนเงิน	匯款
lâek chék	แลกเช็ค	兌換（旅行）支票

關於金錢的其他有用的習慣用語：

Khǒr ngeun thorn. ขอเงินทอน

請找錢。

Ngeun thorn thâu-rài? เงินทอนเท่าไร

找多少錢？

Mâi dtông thorn. ไม่ต้องทอน

不用找錢。

Phǒm hâi thíp khun. ผมให้ทิปคุณ

這是給你的小費。（字面上的意思是：我給你小費。）

☼ 請注意：

一、「紙鈔」的泰語就只是「*bank*」（แบ็งค์）而已。紙鈔的量詞是「*bai*」（ใบ）（張）。

二、另外還有一個不同的詞彙可以表達「兌換」（在交易之後所拿回來的金錢）的意思，亦即「*ngeun thorn*」（เงิน ทอน）（發「*torn*」的音）。

7. THOH โทร 打電話 🎧10-7

thoh-rá-sàp	โทรศัพท์	電話
boe (thoh-rá-sàp)	เบอร์ (โทรศัพท์)	（電話）號碼
meu-thěu	มือถือ	行動電話／手機
thoh-hǎa	โทรหา	打電話（給某人）
thoh-maa	โทรมา	（某人）打電話來
hâi-thoh-klàp	ให้โทรกลับ	回電

khǎw boe (thoh-rá-sàp) dâi-mái? ขอเบอร์ (โทรศัพท์) ได้ไหม

可以要（你的）（電話）號碼嗎？

Khun mii boe meu-thěu Khun Somsak mái? คุณมีเบอร์มือถือคุณสมศักดิ์ไหม

你有松薩克先生的行動電話（手機）號碼嗎？

8. CHÛAY ช่วย 請 🎧10-8

☼ 請注意：此一詞彙通常會置放在句首，來緩和「提出請求或者尋求協助或幫助」時說話的語氣。

Chûay bòrk khăo wâa phŏm thoh-maa.　ช่วยบอกเขาว่าผมโทรมา

請告訴他我有打電話來（給他）。

Chûay bòrk khăo hâi-thoh-klàp boe sŏun-pàet-kâo-jèt-săam-săam-hâa-pàet-jèt-sìi.　ช่วยบอกเขาให้โทรกลับเบอร์ 089-7335874

請告訴他／她回電至我的電話號碼：089-7335874。

Chûay bàwk khăo thoh-hăa chăn boe sŏun-sìi-săam-săam-sìi-săwng-kâo-nùeng-săam.　ช่วยบอกเขาโทรหาฉัน เบอร์ 043-342913

請轉告她打這隻電話給我：043-342913。

9. SĂAY สาย 線（電話連線） 🎧 10-9

phôut	พูด	講話／通話
ráp-săay	รับสาย	接聽電話
waang-săay	วางสาย	掛斷電話
fàk-khâw-khwaam	ฝากข้อความ	留言
mâi-yòu	ไม่อยู่	（某人）不在
Săay-mâi-wâang.	สายไม่ว่าง	忙線中

Han-lŏ khăw phôut kàp Khun Somjai?　ฮัลโหล ขอพูดกับคุณสมใจ

哈囉。我要跟 Somjai 先生講話。

→ *Kam-lang phôut.* กำลังพูด

→ 我就是。〔字面上的意思是：（我）正在講話。〕

→ *Raw-sàk-krôu.* รอสักครู่

→ 稍等一下。

→ *Khun Somjai mâi-yòu.* คุณสมใจไม่อยู่

→ Somjai 先生不在。

→ *Khun Somjai mâi-wâang ráp-săay.* คุณสมใจไม่ว่างรับสาย

→ Somjai 先生現在正在忙（沒辦法講電話）。

→ *Săay-mâi-wâang.* สายไม่ว่าง

→（現在）忙線中。

10. IN-TOE-NÈT อินเตอร์เน็ต 網際網路 🎧10-10

waay-faay	วายฟาย	WI-FI
ii-meo	อีเมล	電子郵件
tàw	ต่อ	連線
khâo	เข้า	登入
rá-hàt	รหัส	密碼
sòng	ส่ง	傳送

Chăn khâo in-toe-nèt mâi-dâi. ฉันเข้าอินเตอร์เน็ตไม่ได้

我沒辦法登入網際網路。

Khun mii waay-faay mái? คุณมีวายฟายไหม

你有 WI-FI 嗎？

Khăw rá-hàt waay-faay dâi-mái? ขอรหัสวายฟายได้ไหม

可以給我 WI-FI 的密碼嗎？

Chăn/phŏm tàw waay-faay mâi-dâi. ฉัน/ผม ต่อวายฟายไม่ได้

我（女性／男性）沒辦法連上 WI-FI。

Chăn/phŏm sòng ii-meo mâi-dâi.　ฉัน/ผม ส่งอีเมลไม่ได้

我（女性／男性）沒辦法傳送電子郵件。

文化小筆記

行動電話／手機

(1) 在任何一間購物商場的任何一家行動電話／手機商店中，您都可以非常輕鬆地買到可在當地使用、已經配好泰國 SIM 卡的行動電話／手機（基本款），而且價格往往非常便宜。如果您已經有自己的行動電話／手機，您可以到任何一家 7-11 門市，或者其他的便利商店，購買一張泰國的 SIM 卡使用。您也可以在這裡購買五十、一百、兩百與三百泰銖的預付卡。這些預付卡的儲值金可以使用來撥打電話，並且傳送文字訊息（包括撥打國際電話，但是在使用前請詳細閱讀撥號說明）。您也可以將您的儲值金使用在「上網包」（Internet Package）上，讓您在泰國也可以隨處輕鬆上網。

(2) 倘若您想要使用您自己的行動電話／手機的話，請務必謹記，美國的大部分行動電話／手機都有加鎖，並無法在其他國家的通訊網路使用。倘若您想要直接插上泰國的 SIM 卡來使用您的美國行動電話／手機的話，您必須事先確認您的行動電話／手機是沒有加鎖的。大多數的歐洲行動電話／手機都可以在泰國使用，沒有太大的問題。然而還是在此建議您，在您出發來泰國之前，請您向您的行動通訊服務商確認有否使用上的問題，避免來到泰國之後發生任何不愉快的經驗。

上網

網際網路的使用在泰國的主要城市已經相當普及，但是在較偏遠的鄉村地區仍有待加強。許多大飯店都在客房內提供免費的無線上網服務，您或許也可以在無數的咖啡館、餐廳以及飯店的接待大廳獲得免費的無線上網服務。您也可以在許多網吧或網路咖啡館找到免費的無線上網服務，尤其是在觀光客密集的地區。店家會提供便宜的、以小時計費的上網服務，而且通常也會提供小點心與飲品。

附錄一覽表

最受歡迎的觀光旅遊景點與購物相關資訊

　　泰國隨處可見引人入勝的自然、文化、歷史景點，而且泰國也是一個可以充分享受購物樂趣的地方，您可以在泰國發現許多大型購物商場、本地的超市、夜市、百貨公司，以及專賣流行服飾的精品店等。

曼谷大皇宮（พระบรมมหาราชวัง Phra Borom Maha Ratcha Wang）：

　　這是曼谷最著名的地標。曼谷大皇宮建於一七八二年（在國王拉瑪一世的統治期間），成為泰國王室的居住地，並且也已經是泰國自此以來最重要的建築象徵。一直到一九二五年，曼谷大皇宮都是作為極為重要的皇室居住地，不過現在僅只提供儀式的用途使用。

玉佛寺（วัดพระแก้ว Wat Phra Kaew）：

　　玉佛寺被認為是泰國佛教寺廟中最具重要性的一座寺廟。它坐落在曼谷的歷史中心，位於曼谷大皇宮的腹地之中。玉佛寺中供奉的玉佛被視為國家的守護神，深受泰國人民的崇敬與信仰。

黎明寺（วัดอรุณ Wat Arun）：

　　黎明寺座落於昭披耶河（湄南河）西畔，並且以其名（黎明的寺廟）著稱。黎明寺的主塔高度超過七十公尺，宏偉華麗的建築風格，其中鑲嵌許多小塊的彩色玻璃與中國彩瓷的美麗裝飾，形成了各式各樣精巧細緻的拼花圖案。

考山路（米路）（ถนนข้าวสาร）：

　　「Khao San」（音譯：考山）的原意為「碾米」，因此也稱為「米路」。這裡可以找到一個背包客可能需要的所有東西：有可以應付各種預算的住宿

選擇，還有一長排的餐廳與酒吧、泰式路邊小吃、外幣兌換櫃臺，以及旅行社等。您也可以在這裡找到許多手工藝品、繪畫、服飾以及二手書籍。

恰圖恰週末市集（ตลาดจตุจักร）：

這是一個位於曼谷的週末市集，也是目前世界上最大的週末市集，占地約二十七英畝。這個市集裡有著各式各樣的攤位，販售包括家庭用品、流行服飾、泰國的手工藝品、宗教儀式用品、收藏品、食物，以及活的動物等。

水門市場（ประตูน้ำ）：

這是泰國最大的流行服飾市場，您可以在這裡找到各式各樣的流行服飾，而且都是以批發價販售的特價商品。這裡可能是在曼谷市中心內購買服飾、紡織布料等商品最便宜的市場。

河濱碼頭夜市（เอเชียทีค）：

河濱碼頭夜市成功的結合曼谷市內最受歡迎的兩大購物經驗的樂趣：夜市與購物商場。這裡有超過一千五百家服飾精品店，以及四十多家餐廳，全都聚集在一座仿碼頭倉庫式的大型複合式商場內。您可以在這裡享受閒逛精品店的樂趣，隨意挑選需要的禮物，並且大啖泰國美食。

曼谷市內的大型購物商場

曼谷市內有許多大型的購物商場，適合各式各樣的生活風格以及經費預算。從最早期享有盛名的 MBK 購物中心到高雅時髦的 Emporium、Siam Discovery（暹羅發現商場）、Central World Plaza、Siam Paragon（暹羅百麗宮）、Terminal 21，以及最新完工的、超級豪華的 Central Embassy 等，都是您旅遊購物的最佳去處。在這些大型購物商場中，您可以找到許多提供精美餐飲的餐廳、曼谷市內最高級的流行服飾商店、各種國際知名品牌、書店、專賣店、珠寶配件專櫃，以及各式各樣高貴奢華的設計師名店。

安帕瓦水上市場（Ta Laad Nam Amphawa）：

　　位於曼谷市郊五十公里處，您可以在諸多搭載遊客的長尾船中挑選一艘船乘坐，探索周遭的運河及河川。您也可以在廣布於河岸兩旁的食物攤位中挑選您喜愛的食物，並且花一整天的時間深入探索河岸周邊的商店。

大城（ตลาดน้ำอัมพวา 阿瑜陀耶）：

　　這是最重要的泰國歷史古蹟及宏偉壯麗的觀光焦點之一，而且位於曼谷北方僅八十六公里遠的距離。大城在過去成為泰國的第二座首都，並且以阿瑜陀耶王國聞名於世。這是一座真正令人印象深刻的城市，擁有眾多雄偉壯觀的佛寺與歷史古蹟，集中在城市的中心與周邊地區。

北碧府（อยุธยา）：

　　北碧府已經成為泰國一個主要的觀光旅遊景點，焦點主要集中在其戶外活動，因為它擁有相當雄偉壯觀的景致，以及引人入勝的美景。您可以搭乘汽車或是火車，從曼谷出發至北碧府，只需要兩個小時左右的車程。在這裡，您可以釣魚、搭乘竹筏、獨木舟、登山、賞鳥、觀星、打高爾夫球、騎乘大象在叢林探險。

考艾國家公園（กาญจนบุรี）：

　　這是聯合國教育、科學及文化組織（UNESCO）的世界遺產所在地，最高峰標高為海拔一千三百五十一公尺。考艾距離曼谷大約三個小時的車程，是一個終年宜人的渡假勝地，它擁有廣大豐饒的森林，是提供種類繁多的動物們棲息及覓食的肥沃之地。國家公園提供遊客許多健行的路徑選項，從五百公尺至八公里長都有，全程則超過五十公里。國家公園中也有許多瀑布，大多數的瀑布都可以搭乘交通工具，搭配一小段的健行路程輕易抵達。

清邁（อุทยานแห่งชาติเขาใหญ่）：

　　清邁是泰國北部的文化與自然之都，這裡住有為數眾多的少數民族，

並且擁有許多宏偉壯麗的知名美景,以及熱情殷切的好客態度。清邁擁有超過三百座的佛教寺廟,並且籌辦許多泰國的主要祭典,其中包括著名的水燈節及潑水節。清邁同時也擁有許多寶貴的原始自然資源,其中包括高山、瀑布以及河川等。您可以享受在山地部落徒步旅行的樂趣,或者在河川乘坐竹筏,或者騎乘大象等。除此之外,您也可以參觀許多工作坊,在這裡,您可以學習關於絲綢或者銀器的生產與製作,並且購買一些有紀念價值的手工紀念品。夜市與徒步街也是絕佳的好去處,您可以在這裡用絕對是最優惠的價格,購買您需要的一般紀念品。

泰國的島嶼 (เชียงใหม่)

泰國沿岸的島嶼舉世聞名,它們擁有美麗的海灘,以及壯麗迷人的景致。泰國有三個主要的島嶼群:位於曼谷東南方的沙美島與象島,以及位於泰國南部海灣的蘇梅島、帕岸島與龜島,以及最後是位於安達曼海上的披披群島、蘭塔島、麗貝島及達魯陶島。不過,在安達曼海上還有許多更美麗迷人的島嶼可供您選擇。

華欣與七岩 (หัวหิน-ชะอำ) :

華欣是泰國位於泰國灣上的頂級海灘渡假小鎮之一,位於曼谷南方不超過兩百公里之處,使它成為最深受曼谷居民喜愛,週末休閒渡假勝地之一。此地的主要特色有美麗迷人的粉狀沙灘、為數眾多的濱海海鮮餐廳、一座生氣蓬勃的夜市,以及種類繁多的海灘水上活動。只要一下到塔吉亞灣的海岸邊,您便可以在海岸邊享受騎馬的樂趣,並且前往山頂上的佛教寺廟參訪,一覽雄偉壯麗的景致。

七岩位於曼谷南方不超過兩百公里之處,位於華欣北方大約二十公里的

位置上。七岩也是深受曼谷居民喜愛的週末休閒渡假的好去處,在這裡,您可以享受在海上的樂趣,即使這裡的沙灘並不如鄰近的華欣那般優美細緻。七岩也提供許多海灘水上活動的選擇,例如划水、搭乘香蕉船等,這裡的海鮮餐廳也是隨處可見,並且就像泰國任何一個海灘小鎮的海鮮餐廳一般,價格經濟又實惠。

時間的講述方式

很遺憾地,泰語中常見的時間講述方式是相當複雜的。整點時間(小時)的表述方式如下:

凌晨一點	dtii nèung	ตีหนึ่ง
凌晨二點	dtii sŏng	ตีสอง
凌晨三點	dtii săam	ตีสาม
凌晨四點	dtii sìi	ตีสี่
凌晨五點	dtii hâa	ตีห้า
上午六點	hòk mohng cháu	หกโมงเช้า
上午七點	jèt mohng cháu	เจ็ดโมงเช้า
上午八點	bpàet mohng cháu	แปดโมงเช้า
上午九點	gâu mohng cháu	เก้าโมงเช้า
上午十點	sìp mohng cháu	สิบโมงเช้า
上午十一點	sìp-èt mohng cháu	สิบเอ็ดโมงเช้า
中午十二點	thîang	เที่ยง
下午一點	bàai mohng	บ่ายโมง

下午二點	bàai sǒng mohng	บ่ายสองโมง
下午三點	bàai sǎam mohng	บ่ายสามโมง
下午四點或者傍晚四點	bàai sìi mohng 或者 sìi mohng yen	บ่ายสี่โมง or สี่โมงเย็น
下午五點或者傍晚五點	hâa mohng 或者 hâa mohng yen	ห้าโมง or ห้าโมงเย็น
傍晚六點	hòk mohng yen	หกโมงเย็น
晚上七點	thûm 或者 nèung thûm	หนึ่งทุ่ม
晚上八點	sǒng thûm	สองทุ่ม
晚上九點	sǎam thûm	สามทุ่ม
晚上十點	sìi thûm	สี่ทุ่ม
晚上十一點	hâa thûm	ห้าทุ่ม
午夜十二點	thîang kheun	เที่ยงคืน

　　至於小時之後的分鐘的說法，只需加上「…naa-thii」（นาที）（分）即可。

　　二十四小時制的時鐘也使用於官方用途上，在這樣的系統下，整點時間（小時）的說法是在數字之後加上「naa-li-gaa」（นาฬิกา）（點），小時之後的分鐘的說法則是在數字之後加上「…naa-thii」（นาที）（分）。

一週七日的講述方式

星期一	wan jan	วันจันทร์
星期二	wan angkhaan	วันอังคาร
星期三	wan phút	วันพุธ
星期四	wan phareuhát	วันพฤหัส
星期五	wan sùk	วันศุกร์
星期六	wan său	วันเสาร์
星期日／天	wan aathít	วันอาทิตย์

一年十二個月的講述方式

一月	mok-ga-raa-khom	มกราคม
二月	gum-phaa-phan	กุมภาพันธ์
三月	mii-naa-khom	มีนาคม
四月	meh-săa-yon	เมษายน
五月	phréut-saphaa-khom	พฤษภาคม
六月	mí-thu-naa-yon	มิถุนายน
七月	ga-rak-ga-daa-khom	กรกฎาคม
八月	sĭng-hăa-khom	สิงหาคม
九月	gan-yaa-yon	กันยายน
十月	dtu-laa-khom	ตุลาคม
十一月	phréut-sa-ji-gaa-yon	พฤศจิกายน
十二月	than-waa-khom	ธันวาคม

假日的講述方式

生日	wan gèut	วันเกิด
假日	wan yùt	วันหยุด
「父親節」	Wan Phôr（亦即國王的生日十二月五日）	วันพ่อ
「母親節」	Wan Mâe（亦即皇后的生日八月十二日）	วันแม่
兒童節	Wan Dèk	วันเด็ก
潑水節	Wan Sŏngkhraan（在四月舉辦，日期不定）	วันสงกรานต์

泰語親屬稱謂的講述方式

父親	phôr	พ่อ
母親	mâe	แม่
阿姨（母親的妹妹）	náa	น้า
姑姑（父親的妹妹）	aa	อา
姨媽／姑媽（母親或父親的姊姊）	bpâa	ป้า
舅舅（母親的弟弟）	náa	น้า
叔叔（父親的弟弟）	aa	อา
舅舅／伯伯（母親或父親的哥哥）	lung	ลุง
姪子／外甥	lăan-chaai	หลานชาย
姪女／外甥女	lăan-săau	หลานสาว
祖母（父系的）	yâa	ย่า
外婆（母系的）	yaai	ยาย

祖父（父系的）	bpùu	ปู่
外公（母系的）	dtaa	ตา
孫子／孫女／外孫／外孫女	lăan	หลาน

一些有用的泰語諺語

Deun dtaam naai, măa mâi gàt. เดินตามผู้ใหญ่ หมาไม่กัด
「跟著主人走，狗就不會咬你。」

換句話說，乖乖做別人要你做的事情，就一切都沒問題。這個諺語暗示了泰國社會的階級系統，要求人們遵從法令與規則，如果你不服從法令規則的話，有關當局就會阻擋你。如果你發生什麼衝突的話，你便哪裡都不能去。無論具備了什麼樣的才幹資格，下屬始終必須聽從上司所提出的要求。

Àap náam rórn maa gorn. อาบน้ำร้อนมาก่อน
「（在你）之前洗熱水澡。」

換句話說，我是在你之前出生的，因此我是比你還要有經驗的，你最好聽我的話。相信我！這個諺語有一點像是中文諺語所說的「我吃的鹽比你吃的飯多。」

Mái glâai fàng. ไม้ใกล้ฝั่ง
「岸邊的木材。」

換句話說，我的生命即將走到盡頭（已經一隻腳踏進棺材了），因此你必須自立自強，隨時做好準備，好好安頓自己，認真嚴肅地面對自己未來的

生活。此一諺語的意象是在運河上等著晒乾的木材，如果已經離河岸不遠的話，表示很快就會被拉上岸來進行風乾以及研磨。

Măa gàt, yàa gàt dtòrp. หมากัดอย่ากัดตอบ

「被狗咬了，千萬不要咬回去。」

換句話說，不要降低自己的格調去跟某人爭辯，或者說不要彎腰彎得像你的敵人一樣低，不要對自己沒有爭辯回去感到苦惱。請注意，狗在這裡代表的是一種低下的象徵。同樣的道理也可以使用在大多數的動物上，動物之所以成為動物，是因為牠們在前世沒有做善事，累積功德。

Lûuk mái lòn mâi glai dtôn. ลูกไม้หล่นไม่ไกลต้น

「果子落地，離樹不遠。」
中文諺語：有其父必有其子。

Duu cháang, hâi duu hăang; duu naang hâi duu mâe. ดูช้างให้ดูหาง ดูนางให้ดูแม่

「看大象，先看牠的尾巴；看女孩，先看她的媽媽。」
換句話說：「有其母必有其女。」

Jàp bplaa sŏng meu. จับปลาสองมือ

「用兩隻手抓魚。」

此一諺語的意思是兩隻手各抓一隻魚，容易顧此失彼，兩者皆失。換句話說，最好只把焦點集中在你現在做的事情上，專心一志去完成它。

緊急情況時的表述方式

抱歉！（還有：對不起！）	Khŏr thôht	ขอโทษ
救命！	Chûai dûai!	ช่วยด้วย
火災！	Fai mâi!	ไฟไหม้
警察！	Dtamrùat! Dtamrùat!	ตำรวจ
小偷！	Khamio!	ขโมย
小心！（注意）	Rawang!	ระวัง
不要（那樣做）	Yàa!	อย่า
等一下！	Dĭau gòrn.	เดี๋ยวก่อน
不對！（那是不正確的）	Mâi châi!	ไม่ใช่
停！	Yùt!	หยุด
夠了！	Pho láeu.	พอแล้ว
真可惜！	Sĭa dai.	เสียดาย
沒關係／沒問題（我不介意）	Mâi bpen rai.	ไม่เป็นไร
非常感謝！	Khop khun mâak!	ขอบคุณมาก
對！（正確的）	Châi!	ใช่
太好了／太棒了！	Dii mâak!	ดีมาก
好有趣／真愉快！	Sanùk!	สนุก
奇怪！	Bplàek!	แปลก
……是什麼意思？	… Bplae wâa à-rai?	แปลว่าอะไร
再見！	Phóp gan mài.	พบกันใหม่

漢語／泰語關鍵字詞一覽表

關於　rêuang　เรื่อง

大約／大概（非正式的說法）　rau-rau　ราว ราว

大約／大概（正式的說法）　bpra-maan　ประมาณ

上方　nŭea　เหนือ

對面　trong-khâam　ตรงข้าม

意外事故　ù-bàt-tì-hèt　อุบัติเหตุ

住宿　thîi-phák　ที่พัก

疼痛　bpùat　ปวด

增加　sài, phôem　ใส, เพิ่ม

上癮的　dtìt　ติด

地址　thîi-yòu　ที่อยู่

可愛迷人的　nâa-rák　น่ารัก

建議　náe-nam　แนะนำ

害怕／恐懼　glua　กลัว

在下午　dtorn bàai　ตอนบ่าย

重新　mài　ใหม่，（再一次）　iik khráng　อีกครั้ง

年紀；有……歲　aayú'　อายุ

以前　thîi-láew　ที่แลว

同意／贊成（某人）　hěn-dûay　เห็นด้วย

愛滋病（AIDS）　rôhk AIDS　โรคเอดส์（發音為ehd　เอด）

空氣　aa-kàat　อากาศ

飛機　khrûeang-bin　เครื่องบิน

機場　sanăam-bin　สนามบิน

酒　lâo　เหล้า

全部、完全　leui　เลย

過敏　pháe　แพ้

幾乎　kùeap　เกือบ

獨自（靠自己）　khon-diaw　คนเดียว

已經　láew　แล้ว

也　dûay　ด้วย

救護車　rót-phá-yaa-baan　รถพยาบาล

美國的　amerigan　อเมริกัน

安非他命　yaa bâa　ยาบ้า

護身符　phrá' khrêuang　พระเครื่อง

好玩的／有趣的　tà-lòk　ตลก

和／與／及　láe'　และ

氣憤／憤怒　kròt　โกรธ

動物　sàt　สัตว์

惹惱／激怒　ram-khaan　รำคาญ

還／再　ìik　อีก

國歌　phlehng châat　เพลงชาติ

任何、任何事物　à-rai gôr dâi　อะไรก็ได้；任何人　khrai gôr dâi　ใครก็ได้；任何時候　meua-rài gôr dâi　เมื่อไหร่ก็ได；任何一種　thúk yang　ทุกอย่าง

公寓　apaatmen　อพาร์ตเม็น

（向人）道歉　khŏr thôht　ขอโทษ；道歉　kham khŏr thôht　คำขอโทษ

長相、外型　nâa-taa　หน้าตา

蘋果　aepen　แอปเปิล

應徵（工作）　sà-màk　สมัคร

約定　nát-măay　นัดหมาย

感激／感謝　khàwp-khun　ขอบคุณ

適當的、合適的　màw-sŏm　เหมาะสม

手臂　khăen　แขน

安排　jàt-kaan　จัดการ

抵達　thĕung　ถึง

東西、物品　khŏrng　ของ

詢問（問題）　thăam (wâa)　ถามว่า

協助／幫助　châuy　ช่วย

氣喘　aesmâa　หอบหืด

在　thîi　ที่

澳大利亞　áwt-sà-tre-lia　ออสเตรเลีย

有空（閒）的（不忙碌的）　wâang　ว่าง

背（面）　khâng lăng　ข้างหลัง；返回
　glăp　กลับ；背約、失信　glàp kham
　กลับคำ

背痛　bpùat lăng　ปวดหลัง

壞的　leho　เลว

提袋（手提袋、手提行李箱）　gra-bpău
　กระเป๋า

香蕉　glûay　กล้วย

（河）岸　fàng (náam)　ฝั่ง(น้ำ)

銀行　thana-khaan　ธนาคาร

紙鈔　bank/thana-bat　แบงค์/ธนบัตร（量
　詞：張bai　ใบ）

理髮師　châang-tàt-phŏm　ช่างตัดผม

洗澡　àap náam　อาบน้ำ

浴室　hông-náam　ห้องน้ำ

浴缸　àang-àap-náam　อ่างอาบน้ำ

在　yùu　อยู่

海灘　chaai-hàat　ชายหาด

打（擊）　tii　ตี

美麗的　sŭai　สวย

因為　phró'wâa　เพราะว่า

床　dtiang　เตียง

臥室　hâwng-nawn　ห้องนอน

床單　phâa-pou-thîi-nawn　ผ้าปูที่นอน

牛肉　néua　เนื้อ

啤酒　bia　เบียร์

之前　kàwn　ก่อน

開始　rôem　เริ่ม

在後面　khâang-lăng　ข้างหลัง

相信　chêua　เชื่อ；可信的　nâa-chêua
　น่าเชื่อ

在旁邊　khâng　ข้าง

最好的　dii-thîi-sùt　ดีที่สุด

比較好　dii-kwàa　ดีกว่า

在（兩者）之間　rá-wàang　ระหว่าง

腳踏車　jàk-krà-yaan　จักรยาน

大　yài　ใหญ่

鳥　nók　นก

生日　wan gèut　วันเกิด

一點　nít nòi　นิดหน่อย

黑色　sĭi dam　สีดำ

毯子　phâa-hòm　ผ้าห่ม

血　lûeat　เลือด

女用襯衫　sêua phûu yĭng　เสื้อสีดำ

（深）藍色　sĭi-náam-ngoen　สีน้ำเงิน

（淺）藍色　sĭi-fáa　สีฟ้า

船　reua　เรือ

身體　râang-kaay, tua　ร่างกาย, ตัว

煮　tôm　ต้ม

書籍　năngsĕu　หนังสือ

預約／預訂　jorng　จอง

無聊／無趣　nâa-bèua　น่าเบื่อ

出生　gèut　เกิด

借　yuem　ยืม

老闆／上司／主管、頭　hǔa nâa　หัวหน้า

瓶　khwàt　ขวด

碗　chaam　ชาม

拳擊　muay　มวย；拳擊手　nák-muay　นักมวย

男朋友　faen　แฟน

早餐　ahǎan cháau　อาหารเช้า

新娘　jâo-sǎaw　เจ้าสาว

新郎　jâo-bàaw　เจ้าบ่าว

橋　sà-phaan　สะพาน

撫養／養育（孩子）　líang　เลี้ยง

英國的　anggrìt　อังกฤษ

哥哥　phîi　พี่；弟弟　nóng　น้อง

兄弟姊妹　phîi-nóng　พี่น้อง

姊夫（姊姊的丈夫）　phîi khěui　พี่เขย；
　妹夫（妹妹的丈夫）　nóng khěui　น้องเขย

棕色　Sǐi nám-taan　สีน้ำตาล

梳（頭髮）　wǐi　หวี

佛像　phrá' phúttharûup　พระพุทธรูป

建築（結構）　tùek　ตึก

燃燒　phǎo　เผา

公共汽車／巴士　rót bas、rót-meh　รถบัส、รถเมล์

公共汽車／巴士站　sathaanii rót bas　สถานีรถบัส

生意　thú-rá　ธุระ

但是／不過　tàe　แต่

奶油　noei　เนย

購買　sèu　ซื้อ

利用（藉由）　doi　โดย

置物櫃　tôu　ตู้

計算　khít　คิด

計算機　khrûeang-khít-lêk　เครื่องคิดเลข

叫／稱作　rîak (wâa)（也請參閱「電
　話」的部分）　เรียกว่า

冷靜的、心平氣和的　jai-yen　ใจเย็น

可以　dâi　ได้

加拿大　khae-naa-daa　แคนาดา

取消　yók-lôek　ยกเลิก

癌症　má-reng　มะเร็ง

蠟燭　thian　เทียน

汽車　rót、rót yon　รถ、รถยนต์

小心／注意　rá-wang　ระวัง

（手）持／拿　hîw、thěu　หิ้ว、ถือ

現金　ngeun sòt　เงินสด

貓　maeo　แมว

生病　dtìt rôhk　ติดโรค

牛　wua　วัว

慶祝　chàlǎwng　ฉลอง

行動電話／手機　mue-thǔe　มือถือ

典禮、儀式、慶典、慶祝會　ngaan　งาน

椅子　kôa-îi　เก้าอี้

找（零錢）　ngeun thorn　เงินทอน

租賃／包租　mǎu　เหมา

閒聊　khui　คุย

便宜　thùuk　ถูก

（女性）隨便的、容易受騙的　jai-ngâai　ใจง่าย

支票（銀行文件）　chék　เช็ค

雞　gài　ไก่

孩子　dèk　เด็ก；子孫（後裔）　lûuk　ลูก

辣椒　phrík　พริก

中國的　jiin　จีน

筷子　dtagìap　ตะเกียบ

香菸　bù-rìi　บุหรี่

城市、大城鎮　mueang　เมือง

班級　rian　เรียน

乾淨的（形容詞）　sá-àat　สะอาด

刷（牙）　bpraeng fan　แปรงฟัน

聰明的、伶俐的　chà-làat　ฉลาด

氣候　aagàat　อากาศ

診所　kliinik　คลีนิค

（距離）近　glâi　ใกล้

布料　phâa　ผ้า

衣服　phâa　ผ้า

雲　mêhk　เมฆ

椰子　má-práow　มะพร้าว

咖啡　gaafae　กาแฟ

寒冷　năau　หนาว

感冒　bpen wàt　เป็นหวัด

顏色　sĭi　สี

梳子　wĭi　หวี

來　maa　มา

舒適／舒服　sabai　สบาย

漫畫書　năngsĕu khaa-thuun　หนังสือการ์ตูน

公司　baw-rí-sàt　บริษัท

競爭／匹敵　khàeng　แข่ง

抱怨（動詞）　bòn　บ่น；抱怨（名詞）
　　kham- bòn　คำบ่น

完全／所有　khròp　ครบ、tháng-mòt
　　ทั้งหมด

譜曲（寫歌）　dtàeng plehng　แต่งเพลง；
　作曲家、音樂創作人　nák dtàeng
　plehng　นักแต่งเพลง

電腦　cawn-phíew-tôe　คอมพิวเตอร์

公寓大廈　kondoh　คนโด；hông-chút
　ห้องชุด

有自信的　mân-jai　มั่นใจ

困惑的／迷惑的　ngong　งง

連上　tàw　ต่อ

設想周到的、體諒人的　greng-jai　เกรงใจ

看（醫生、牙醫）　hăa　หา

控制（某事物）　khûap-khum　ควบคุม

便利的　sà-dùak　สะดวก

料理／做飯（準備食物）　tham ahăan
　ทำอาหาร

涼爽的　yen　เย็น

玉米　khâo-phôt　ข้าวโพด

角落　mum　มุม

對的／正確的　thùuk　ถูก

價錢（價格）　raa-khaa　ราคา

棉布　phâa fâai　ผ้าฝ้าย

咳嗽　ai　ไอ

國家　prà-thêt　ประเทศ

法庭　săan　ศาล

牛　wua　วัว

螃蟹　pou　ปู

碰撞　chon　ชน

瘋狂的　bâa　บ้า

創作／興建　sâang　สร้าง

信用卡　bàt kredit　บัตรเครดิต

氣憤／憤怒　gròt　โกรธ；mohŏ　โมโห

橫越、過（街）　khâam　ข้าม

哭泣（流淚）　rórng hâi　ร้องไห้

大哭／大叫　rórng　ร้อง

杯子　thûai　ถ้วย

咖哩　gaeng　แกง

座墊／枕頭　măwn　หมอน

切　tàt　ตัด

切（傷）　phlăe　แผล

可愛的　nâa-rák　น่ารัก

跳舞／舞蹈　dtênram　เต้น；舞者／舞蹈
家　nák-dtênram　นักเต้น；ram Thai
รำไทย　古典泰國舞蹈；民俗舞蹈　ram
wong　รำวง

危險／危險的　an-tà-raay　อันตราย

深（色）　khêm　เข้ม

深／黑（夜）　mûet　มืด

黑（膚色）　khlám　คล้ำ

女兒　lûuk săau　ลูกสาว

天／日　wan　วัน

死亡　taay　ตาย

負債／借款　nîi　หนี้

已故的　sĭa chiiwít　เสียชีวิต

裝飾　dtàeng　แต่ง

深　lúek　ลึก

延遲／誤點　cháa　ช้า

刪除　lóp　ลบ

好吃的／美味的　à-ròi　อร่อย

傳送　sòng　ส่ง

牙醫（正式的名稱）　than-tà-phâet
ทันตแพทย์；（一般的名稱）　măw-fan
หมอฟัน

出發　àwk-jàak　ออกจาก

（百貨公司）部門　pha-nàek　แผนก

百貨公司　hâang　ห้าง

桌子　tóe　โต๊ะ

甜點　khà-nŏm　ขนม

甜點、甜食　khăwng-wăan　ของหวาน

肚子痛、腹瀉　thórng deun/rûang
ท้องเดิน/ท้องร่วง

死亡　dtai　ตาย

困難的　yâak　อยาก

晚餐／晚飯　ahăan yen　อาหารเย็น

骯髒的　sòk-gà-bpròk　สกปรก

治癒、恢復、（疾病）消失　hăai　หาย

迪斯可舞廳　disko　ดีสโก

打折／算便宜　lót　ลด

疾病　rôhk　โรค

盤　jaan　จาน

灰心的、氣餒的、沮喪的　jai-sĭa　ใจเสีย

不喜歡　mâi-châwp　ไม่ชอบ

郡　ampheu (amphur)　อำเภอ

潛水　dam-náam　ดำน้ำ

離婚　yàa　หย่า

暈眩　wian-hŭa　เวียนหัว

做　tham　ทำ

醫生　mŏr　หมอ

不要！　yàa　อย่า

狗　măa　หมา

門　prà-tou　ประตู

單人房　hông dîau　ห้องคู่；雙人房　hông
khûu　เตียงคู่

下降／下　long　ลง

下方／樓下　khâng lâng　ข้างล่าง

畫　wâat　วาด

夢　făn　ฝัน

穿著打扮　dtàeng dtua　แต่งตัว

喝　déum　ดื่ม；gin（非正式的說法）
กิน

駕駛　khàp　ขับ

藥　yaa　ยา

藥物成癮　mau yaa　เมายา

酒醉　mau；mau-lâu　เมาเหล้า

乾　hâeng　แห้ง

鴨子　pèt　เป็ด

榴槤　thurian　ทุเรียน

彼此　gan　กัน

耳朵痛　bpùat hǔu　ปวดหัว

耳朵　hǒu　หู

輕鬆的、容易的　ngâai　ง่าย

吃　gin　กิน

（河）濱　rim　ริม

蛋　khài　ไข่

手肘　khâw-sàwk　ข้อศอก

電力　fai-fáa　ไฟฟ้า

象　cháang　ช้าง

大使館　sathǎan thûut　สถานทูต

緊急（狀況）　chùk-chǒen　ฉุกเฉิน

空　wàang　ว่าง

結束（完結）　jòp　จบ

訂婚　mân　หมั้น

英語（語言）　phaasǎa anggrìt　ภาษาอังกฤษ

有趣、享受　sànùk　สนุก

足夠　phaw　พอ

登入　khâo　เข้า

入口　thaang-khâo　ทางเข้า

信封　sawng　ซอง

相等的　thâo　เท่า

跑腿、差事　thù-rá　ธุระ

倫理、道德準則　sǐinlatham　ศีลธรรม

晚上　dtawn-yen　ตอนเย็น

曾經　khoei　เคย

每一個　thúk　ทุก

每一天　thúk-wan　ทุกวัน

每一個人　thúk-khon　ทุกคน

每一樣事物　thúk yàang　ทุกอย่าง

兌換（外幣）　lâek　แลก

興奮的、滿心雀躍的　jai-dtên、dtèun-dtên　ใจเต้น; ตื่นเต้นน

抱歉／對不起　khǒr thôht　ขอโทษ

運動、鍛鍊　àwk-kam-lang kaay　ออกกำลังกาย

出口　thaang òrk　ทางออก

昂貴的　phaeng　แพง

經驗　prà-sòp-kaan　ประสบการณ์

快速的、緊急的　dùan　ด่วน

特殊的、特別的　phí-sèt　พิเศษ

非常　thîi-sùt　ที่สุด

眼睛　dtaa　ตา

臉　nǎa　หน้า

覺得暈眩　bpen lom　เป็นลม

落下　dtòk　ตก

家庭／家族／家人　khrâwp-khrua　ครอบครัว

電風扇　phát-lom　พัดลม

奢華　rǔu　หรู

遠的　glai　ไกล

價目、價價表　khâa　ค่า

農夫／農場主人　chaaw-naa　ชาวนา

快速的　reo　เร็ว

肥胖的　ûan　อ้วน

父親　phôr　พ่อ

岳父（妻子的父親）；公公（丈夫的父

親） phôr dtaa; phôr phǔa พ่อตา; พ่อผัว

害怕／恐懼 glua กลัว

費用 khâa ค่า

感覺 róu-sùek รู้สึก

女性 yǐng หญิง

發燒 bpen-khâi เป็นไข้

原野、草地 sà-nǎam สนาม

田野、稻田 naa นา

戰鬥 sôu สู้

手指 níw นิ้ว

完成的 sèt เสร็จ；用光的／耗盡的
　　mòt หมด

魚 bplaa ปลา

五 hâa ห้า

手電筒 fai-chǎay ไฟฉาย

肉 núea เนื้อ

（航空公司）班機 thîaw-bin เที่ยวบิน

打情罵俏 jìip จีบ

漂浮 lóy ลอย

洪水、水災 nám-thûam น้ำท่วม

（層）樓 chán ชั้น

麵粉 pâeng แป้ง

花 dàwk-mái ดอกไม้

流行性感冒 khâi wàt ไข้หวัด

追隨、跟著走 dtaam ตาม

喜歡、熱愛 dtìt jai ติดใจ

食物；泰國菜 ahǎan; ahǎan Thai อาหาร;
　　อาหารไทย

腳 tháo เท้า

足球 fútbon ฟุตบอล

禁止／禁止的 hâam ห้าม

外國人（西方人） faràng ฝรั่ง

忘記 leum ลืม

算命師、占卜師 mǒr duu หมอดู

四 sìi สี่

法國的 faràngsèt ฝรั่งเศส

炒飯 khâau phàt ข้าวผัด

朋友；交朋友 phêuan; bpen phêuan gan
　　เพื่อน; เป็นเพื่อนกัน

來自 jàak จาก

前面／前方 khâng nâa ข้างหน้า

水果（一般性的說法） phǒnlamái
　　ผลไม้

油炸 thâwt ทอด

飽 ìm อิ่ม

樂趣、愉快 sanùk สนุก

滑稽的、可笑的 dtalòk ตลก

葬禮 ngaan sòp งานศพ

未來 à-naa-khót อนาคต

（停車用的）車庫 rong-rót โรงรถ

垃圾 khà-yà ขยะ

花園、庭院 sǔan สวน

大蒜 krà-thiam กระเทียม

汽油 nám-man น้ำมัน

加油站 pám-nám-man ปั๊มน้ำมัน

慷慨的、大方的 jai-dee ใจดี

德國的 yeraman เยอรมัน

獲得（接受） dâi ได้

起床 tùen-nawn ตื่นนอน

痊癒、恢復、（疾病）消失 hâay หาย

鬼 phǐi ผี

禮物 khǎwng-khwǎn ของขวัญ

薑 khǐng ขิง

女孩（孩子） dèk-phôu-yǐng เด็กผู้หญิง

女朋友　faen　แฟน

給予　hâi　ให้

玻璃　gâeu　แก้ว

眼鏡　wâen-dtaa　แว่นตา

去　bpai　ไป；上（車／船）　khêun　ขึ้น；下（車／船）　long　ลง

好　dii　ดี

再見　laa-gòr　ลาก่อน

綠色　sĭi khĭau　สีเขียว

葡萄　à-ngùn　องุ่น

草　yâa　หญ้า

感激　khàwp-khun　ขอบคุณ

灰色　sĭi-thao　สีเทา

烤　yàang　ย่าง

團體　klùm　กลุ่ม

番石榴　fà-ràng　ฝรั่ง

客人（訪客）　khàek　แขก

吉他　gii-dtâa　กีตาร์

頭髮　phŏm　ผม

半　khrêung　ครึ่ง

手　meu　มือ

英俊的、帥氣的　lòr　หล่อ

開心的　dii jai; mii khaam-sùk　ดีใจ；มีความสุข

（工作）沉重的、辛苦的；困難的　nàk; yâak　หนัก；ยาก

帽子　mùak　หมวก

討厭　klìat　เกลียด

擁有、持有　mii　มี

他　khău　เขา

頭　hŭa　หัว

頭痛　bpùat hŭa　ปวดหัว

醫治、治癒　rák-săa　รักษา

身體健康　sabai dii　สบายดี

聽聞　dâi-yin　ได้ยิน

心臟（解剖學上的）　hŭa-jai　หัวใจ

哈囉　(sa)wàtdii　สวัสดี

在這裡　thîi nîi　ที่นี่

高的　sŭung　สูง

他　khăo　เขา

他的　khăwng-khăo　ของเขา

撞擊　tii　ตี

旅遊、觀光　thîau　เที่ยว；假期　wan yùt　วันหยุด

神聖的　sàksìt　ศักดิ์สิทธิ์

家；在家；回家　bâan; thîi bâan; glàp bâan　บ้าน；ที่บ้าน；กลับบ้าน

家庭作業　kaan-bâan　การบ้าน

蜂蜜　náam-phûeng　น้ำผึ้ง

希望　wăng　หวัง

可怕的（令人驚恐的）　nâa-klua　น่ากลัว

醫院　rohng phayabaan　โรงพยาบาล

炎熱的（氣溫）　rórn　ร้อน

酒店、大飯店　rongraem　โรงแรม

小時　chûa-mong　ชั่วโมง

房子　bâan　บ้าน

如何？（非正式的說法）　yang-ngai　ยังไง，（正式的說法）　yàang-rai　อย่างไร

幾／多少？　gìi　กี่

大的　yài　ใหญ่

潮濕的　chúen　ชื้น

幽默的、有趣的　tà-lòk　ตลก

百　róoi　ร้อย

受傷（疼痛）　jèp　เจ็บ

受傷、疼痛　jèp　เจ็บ

老公（非正式的說法）phǔa　ผัว；丈夫
　　（正式的說法）sǎamii　สามี

我（說話者）phǒm　ผม；我（女性說
　　話者，非正式的說法）chǎn　ฉัน；我
　　（女性說話者，正式的說法）dichǎn
　　ดิฉัน

冰　nám-khǎeng　น้ำแข็ง

如果　thâa　ถ้า

不舒服／生病　mâi-sà-baay　ไม่สบาย

圖像　rôup-phâap　รูปภาพ

立即／馬上　than-thii　ทันที

不耐煩的、沒有耐心的　jai-ráwn　ใจร้อน

重要的　sǎm-khan　สำคัญ

在……／內部　nai　ใน

在前面／前方　khâang-nâa　ข้างหน้า

為了……（目的）　phûea　เพื่อ

（一炷）香　thôup　ธูป

不方便的　mâi-sà-dùak　ไม่สะดวก

不對的、不正確的、錯誤的　phìt　ผิด

被感染的　dtìt chéua　ติดเชื้อ

告知　jâeng　แจ้ง

資訊、資料　khâw-moun　ข้อมูล

注射　chìit　ฉีด

受傷的　bàat-jèp　บาดเจ็บ

昆蟲　má-laeng　แมลง

內部　khâang-nai　ข้างใน

安裝　phòn sòng　ผ่อนส่ง

（對……）感興趣、熱中（於……）
　　sǒn-jai　สนใจ

有趣的　nâa-sǒnjai　น่าสนใจ

網際網路　in-toe-nèt　อินเตอร์เน็ต

口譯／翻譯　plae　แปล

口譯員／翻譯員　lâam　ล่าม

十字路口　sìi-yâek　สี่แยก

面談　sǎm-phâat　สัมภาษณ์

介紹　náe-nam　แนะนำ

邀請　cheun　เชิญ

是　pen、yòu　เป็น , อยู่

島嶼　kàw　เกาะ

它（某個特定事物）　man　มัน

義大利　ì-taa-lîi　อิตาลี

發癢的　khan　คัน

東西、物品　khôr　ข้อ

監獄／監牢　khúk　คุก

果醬　yaem　แยม

日本的　yîi-bpùn　ญี่ปุ่น

廣口瓶（大水瓶）　òng　โอ่ง

開玩笑　phûut lên　พูดเล่น

記者　nák-khàaw　นักข่าว

果汁　nám-phǒn-lá-mái　น้ำผลไม้

跳躍　krà-dòt　กระโดด

叢林　pàa　ป่า

就在最近　phôeng　เพิ่ง

芥蘭菜　khá-náa　คะน้า

保存　kèp　เก็บ

茶壺　kaa-nám　กาน้ำ

（房間）鑰匙　kun-jae　กุญแจ

踢　tè　เตะ

小孩（孩子）　dèk　เด็ก

腎臟　tai　ไต

殺（害）　khâa　ฆ่า

公里、公斤　gi-loh　กิโล

公里　gi-loh, gi-lohmét　กิโล, กิโลเมตร

種類　yàang　อย่าง

好心的／親切的　jai dii　ดีใจ

請　garunaa　กรุณา

國王　phrá' jâau yùu hǔa　พระเจ้า อยู่หัว, ในหลวง

親吻　jòup　จูบ

廚房　khrua　ครัว

膝蓋　khào　เข่า

刀子　mîit　มีด

知道（非正式的說法）rúu　รู้；（正式的說法）sâap　ทราบ

認識（相識）　rúujàk　รู้จัก

知識　khwaam rúu　ความรู้

燈　khom　โคมไฟ

土地、地產　thîi-din　ที่ดิน

巷弄　soi　ซอย

語言　phaasǎa　ภาษา

大的　yâi　ใหญ่

上一個（禮拜等）　thîi láeu　ที่แล้ว

遲到的（遲於所定時間）　cháa　ช้า

晚的（早上晚些）　sǎai　สาย

深夜　dtorn dtèuk　ตอนดึก

笑　hǔa-ráw　หัวเราะ

洗衣店　sák-phâa　ซักผ้า

律師　thá-naay-khwaam　ทนายความ

瀉藥、通便劑　yaa thàai　ยาถ่าย

滲漏　rûa　รั่ว

求學、學習　rian　เรียน

皮革　nǎng　หนัง

離去　òrk　ออก

左（手）　sáai　ซ้าย

腿　khǎa　ขา

檸檬香茅　tà-khrái　ตะไคร้

借出　hâi-yuem　ให้ยืม

我們走吧！　bpai!；bpai-gan-theu　ไป；ไปกันเถอะ

書信　jòtmǎai　จดหมาย

（樓）層　chán　ชั้น

躺下　norn　นอน

生命　chii-wít　ชีวิต

電梯（升降梯）　líp　ลิบ

淡（顏色）　àwn　อ่อน

光亮的（明亮的）　sà-wàang　สว่าง

光線（燈光）　fai　ไฟ

相似的、類似的　měuan　เหมือน

喜歡、喜愛　chôrp　ชอบ

像那樣、以那樣的方式　yang nán　อย่างนั้น；像這樣　yang níi　อย่างนี้

聽、傾聽　fang　ฟัง

小的　lék　เล็ก

一點　nòi　หน่อย

住在……　yùu　อยู่

長的（時間）　naan　นาน

看護、照顧　duu lae　ดูแล；尋找、尋求　hǎa　หา

敗北、輸　phâe　แพ้

遺失的　hǎay　หาย

許多的、大量的（非正式的說法）yéuk　เยอะ；（正式的說法）mâak　มาก

大聲的　dang　ดัง

愛情　rák　รัก

可愛的、迷人的　nâa-rák　น่ารัก

祝你好運　chohk dii　โชคดี

行李／提袋／行李箱　krà-pǎo　กระเป๋า

午餐　ahǎan thîang　อาหารเที่ยง

歌詞　néua phlehng　เนื้อเพลง

做　tham　ทำ

化妝　dtàeng nâa　แต่งหน้า

男性　chaai　ชาย

男人　phôu-chaay　ผู้ชาย

經紀人　phôu-jàt-kaan　ผู้จัดการ

芒果　ma-mûang　มะม่วง

山竹果　mang-khút　มังคุด

禮儀（禮節／禮貌）　maa-rá-yâat　มารยาท

各式各樣的、各種不同的　lǎai　หลาย

地圖　phǎen-thîi　แผนที่

市場　dta-làat　ตลาด

結婚　dtàengngaan(gàp)　แต่งงานกับ

按摩、推拿　nûat　นวด

可以給我……　khǒr　ขอ

意思（是）……　bplae (wâa)　แปลว่า

卑鄙的、自私的　jai-dam　ใจดำ

測量　wát　วัด

肉　núea　เนื้อ

藥　yaa　ยา

中（不會太多）　bpaan-glaang　ปานกลาง

見面　phóp　พบ

會議　bpra-chum　ประชุม

旋律、曲調　thamnorng phlehng　ทำนองเพลง

菜單　menu　เมนู

（宗教上的）福報　bun　บุญ

中間　glaang　กลาง

偏頭痛　maigren　ไมเกรน

牛奶　nom　นม

百萬　láan　ล้าน

絞肉　sàp　สับ

心　jai　ใจ

我的（女性）　khǎwng-chǎn　ของฉัน；我的（男性）　khǎwng-phǒm　ของผม

（政府）部門　krà-suang　กระทรวง

分鐘　naathii　นาที

思念（想念）　khít thěung　คิดถึง

小姐（稱號）　naang sǎau　นางสาว

霧　mǎwk　หมอก

混合　phà-sǒm　ผสม

行動電話／手機　mue-thǔe　มือถือ

幸運時刻　rêuk　ฤกษ์

金錢　ngeun　เงิน

僧侶　phrá'　พระ

月　deuan　เดือน

早上　dtorn cháau　ตอนเช้า

最（最高級）　thîi sùt　ที่สุด

母親　mâe　แม่

岳母（妻子的母親）；婆婆（丈夫的母親）　mâe yaai; mâe phǔa; mâe sǎamii　แม่ยาย；แม่ผัว；แม่สามี

摩托車　motersai　มอเตอร์ไซ จักรยานยนต์

山嶽　phu-khǎu　ภูเขา

電影　nǎng　หนัง；電影院　rohng nǎng　โรงหนัง

很、非常　mâak　มาก

博物館　phi-phít-ta-phan　พิพิธภัณฑ์

音樂　don-dtrii　ดนตรี

指甲（手、腳）　lép　เล็บ

姓名　chêu　ชื่อ；姓　naam sagun　นามสกุล；名　chêu jing　ชื่อจริง

144

國家、國籍；國家的　châat　ชาติ

頑皮的、不聽話的　son　ซน

近的　klâi　ใกล้

必要的　jam-bpen　จำเป็น

脖子　khăw　คอ

需要　dtông　ต้อง；不需要　mâi dtông　ไม่ต้อง

鄰居　phêuan bâan　เพื่อนบ้าน

新的　mài　ใหม่

新聞　năngsĕu phim　หนังสือพิมพ์

紐西蘭　niw-sii-laen　นิวซีแลนด์

好的　dii　ดี

暱稱、綽號　chêu-lên　ชื่อเล่น

晚上、在晚上　glaang kheun　กลางคืน

不對（我不同意）！　mâi châi　ไม่ใช่；不要（我不想要）　mâi au　ไม่เอา

聲響、聲音　sĭang　เสียง

吵鬧的／大聲的　sĭang-dang　เสียงดัง

麵條　kŭay-tîaw　ก๋วยเตี๋ยว

中午、在中午　dtorn thîang　ตอนเที่ยง

東北方　isăan　อีสาน

鼻子　jà-mòuk　จมูก

不　mâi　ไม่

不太……、不很……、很少　mâi khôi　ไม่ค่อย

（佛教）沙彌　nehn　เณร

現在　tawn-nii　ตอนนี้

號碼（大街上；電話）　ber　เบอร์；數字　lêhk　เลข

尼姑　mâe chii　แม่ชี

護士　phá-yaa-baan　พยาบาล

東西、事物　sìng　สิ่ง

的（屬於）　khăwng　ของ

經常　bòi　บ่อย

辦公室　óp-fît　อ๊อบฟิต

油　nám-man　น้ำมัน

舊式的、傳統的　bo-raan　โบราณ

在……之上　bon　บน

一　nèung　หนึ่ง

單程　thîaw-diaw　เที่ยวเดียว

洋蔥　hŭa-hăwm　หัวหอม

打開　pòet　เปิด

對面　trong-khâam　ตรงข้าม

或者　rĕu　หรือ；或者不　rĕu bplàu　หรือเปล่า

橘子　sôm　ส้ม

訂購、點餐　sang　สั่ง

其他　ùen　อื่น

我們的　khăwng-rao　ของเรา

外部、外面　khâang-nâwk　ข้างนอก

烤箱　tao-òp　เตาอบ

海外　tàang-prà-thêt　ต่างประเทศ

公牛　wua　วัว

（書）頁　nâa　หน้า

痛苦／疼痛　jèp　เจ็บ

一對、一雙　kôu　คู่

睡衣　chút-nawn　ชุดนอน

皇宮　phrá'-raat-cha-wang　พระราชวัง

褲子　gang-gehng　กางเกง

紙　gra-dàat　กระดาษ

父母親、雙親　phôr-mâe　พ่อแม่

護照　năngsĕu deun thaang　หนังสือเดินทาง

付款、支付　jàai　จ่าย

（落）花生　thùa　ถั่ว

筆　pàak-kaa　ปากกา

鉛筆　din-săw　ดินสอ

人　khon　คน

胡椒粉（辣椒粉）　phrík　พริก

用……、藉……、乘……、搭……　lá'　ละ

表演、演奏、展示　sa-daeng　แสดง

表演會、演奏會、展示會（展覽）　gaan sa-daeng　การแสดง

表演者、演奏者、展示者　phûu sa-daeng　ผู้แสดง

香水　nám-hăwm　น้ำหอม

人　khon　คน

個人的、私人的　sŭan dtua　ส่วนตัว

寵物（動物）　sàt-líang　สัตว์เลี้ยง

汽油　nám-man　น้ำมัน

撿拾、收集　gèp　เก็บ；接（人）　ráp　รับ

豬　mŭu　หมู

藥丸　yaa　ยา

座墊／枕頭　măwn　หมอน

鳳梨　sàp-pà-rót　สับปะรด

粉紅色　sĭi-chom-phou　สีชมพู

地方　thîi　ที่；坐的地方　thîi nâng　ที่นั่ง

飛機　khrêuang bin　เครื่องบิน

盤　jaan　จาน

戲劇、連續劇　la-khorn　ละคร

玩樂　lên　เล่น

很高興的／很榮幸的　yin dii　ยินดี

歡喜的、開心的　cheun-jai　ชื่นใจ

詩人　ga-wii　กวี

警察局　sa-thăa-nii dtam rùat　สถานีตำรวจ

豬肉　mŭu　หมู

河港、海港　thâa-ruea　ท่าเรือ

郵局　prai-sà-nii　ไปรษณีย์

郵件　jòt-măay　จดหมาย

（飯）鍋　môr　หม้อ

（滑石）粉　bpaeng　แป้ง

道德規範　sĭin　ศีล

懷孕　mii thórng　มีท้อง

準備　triam　เตรียม

（藥）處方籤　baisàng yaa　ใบสั่งยา

禮物　khăwng-khwăn　ของขวัญ

漂亮的、可愛的　sŭay　สวย

價格　raa-khaa　ราคา

小學　bpra-thŏm　ประถม

獎（賞）　raang-wan　รางวัล

問題、麻煩事　pan-hăa　ปัญหา

教授　aa-jaan　อาจารย์

承諾　săn-yaa　สัญญา

感到光榮的、自豪的　phoum-jai　ภูมิใจ

府　jangwàt (changwat)　จังหวัด

拉　dueng　ดึง

準時　trong-we-laa　ตรงเวลา

紫色　sĭi-mûang　สีม่วง

皮包、錢包　krá-păo　กระเป๋า

加入、添加　sài　ใส่

睡衣　chút norn　ชุดนอน

爭吵、吵架　thaló' gan　ทะเลาะกัน

皇后　phrá' raa-chi-nii　พระราชินี

問題　kham-thăam　คำถาม

快速的　reo　เร็ว

安靜的　ngîap　เงียบ

停止、放棄　lôek　เลิก

辭職　laa-àwk　ลาออก

兔子　krà-tàay　กระต่าย

收音機　wít-thá-yú　วิทยุ

雨　fǒn　ฝน

撫養、養育　lîang　เลี้ยง

匆忙的　phùen　ผืน

老鼠　nǒu　หนู

抵達／到達　thěung　ถึง

真的（相信我！）　jing-jing!　จริง จริง

合理的　mó'sǒm　เหมาะสม

（疾病）痊癒、恢復　hǎai　หาย

紅色　sǐi daeng　สีแดง

打折／算便宜　lót　ลด

冰箱　tôu-yen　ตู้เย็น

（泰國的行政區劃分）部　phâak　ภาค

遺憾（感覺遺憾）　sǐa-jai　เสียใจ

親屬（家族）　yâat　ญาติ

聖書　nǎngsěu phrá'　หนังสือพระ

記得　jamdâi　จำได้

移除（脫衣服、脫鞋子）　thòrt　ถอด

租借　châu　เช่า

回答／回應　tàwp　ตอบ

要求　khǎw　ขอ

預約、預訂　jorng　จอง

餐廳　ráan ahǎan　ร้านอาหาร

洗手間、廁所、化妝室　hâwng-nám　ห้องน้ำ

零售　bplìik　ปลีก

返回、回來　glàp　กลับ；去去馬上回來　bpai-glàp　ไปกลับ

米　khâau　ข้าว；糯米　khâau nǐau　ข้าวเหนียว

稻田　naa　นา

有錢的、富裕的　ruai　รวย

右（手）　kwǎa　ขวา

就在這裡／就在那裡　dtrong níi　ตรงนี้；dtrong-nán　ตรงนั้น

河川　mâe-náam　แม่น้ำ

道路　tha-nǒn　ถนน

烤、烤雞　gài yâang　ไก่ย่าง

房間　hông　ห้อง；單人房　hông dîau　ห้องเดียว；雙人房 hông khûu　ห้องคู่

垃圾　khayà'　ขยะ

奔跑　wîng　วิ่ง

用光的／耗盡的　mòt　หมด；沒有了、用光了 mâi mii láeu　ไม่มีแล้ว

悲傷的　sǐa-jai　เสียใจ

薪水　ngoen-duean　เงินเดือน

拍賣（特價廉售）　lót-raa-khaa　ลดราคา

鹽　gluea　เกลือ

鹹（味覺）　khem　เค็ม

相同的　mǔean　เหมือน

拖鞋、涼鞋　rawng-tháo-tàe　รองเท้าแตะ

蘸醬　nám jîm　น้ำจิ้ม

講述、告訴、訴說　bòrk　บอก

可怕的、恐怖的　nâa-glua　น่ากลัว

學校　rong-rian　โรงเรียน

責罵、（言辭上的）辱罵　kham-dù'dàa　คำดุด่า

海　thá-le　ทะเล

海鮮　aa-hǎan-thá-le　อาหารทะเล

尋找　hǎa　หา

季節　rúe-dou　ฤดู

座位　thîi nâng　ที่นั่ง

中學、中等學校　matthayom　มัธยม

看、看見　hĕn　เห็น

販售、販賣　khăai　ขาย

分開、分居　yâek　แยก

洗髮精　chaem-phuu　แชมพู；yaa sà’
　phŏm　ยาสระผม

刮鬍子、剃毛　kon　โกน

她　khău; lòn　เขา; หล่อน

鞋子　rorng tháau　รองเท้า

短的（長度）　sân　สั้น

矮的（高度）　tîa　เตี้ย

大聲喊叫　tà-kon　ตะโกน

表演　shoh　โชว์；gaan sa-daeng　การแสดง

淋浴（或泡澡）　àap-nám　อาบน้ำ

蝦子　kûng　กุ้ง

關閉、關上　pìt　ปิด

害羞的　aay, khîi-aay　อาย, ขี้อาย

兄弟姊妹　phîi-nóng　พี่น้อง

生病、不舒服　bpùai; mâi sabai　ป่วย;
　ไม่สบาย

側　khâng　ข้าง

小巷　soi　ซอย

絲綢　phâa măi　ผ้าไหม

衷心的、真誠的　jing-jai　จริงใจ

唱（歌）　rórng phlehng　ร้องเพลง

歌手　nák rórng　นักร้อง

單一的、唯一的　dîau　เดี่ยว；單人房
　hông dîau　ห้องเดี่ยว；單人床　dtiang
　dîau　เตียงเดี่ยว

單身的、未婚的　bpen sòht　เป็นโสด

姊姊　phîi　พี่；妹妹　nóng　น้อง

嫂子（哥哥的妻子）　phîi saphái

พี่ สะใภ้：弟媳（弟弟的妻子）　nóng
　saphái　น้อง สะใภ้

尺寸　kha-nàat　ขนาด

有技巧的、精通某事的　gèng　เก่ง

皮膚　pyŭ　ผิว

裙子　grà-bprohng　กระโปรง

空中捷運（BTS）　rót-fai-fáa　รถไฟฟ้า

閒聊、八卦、毀謗　nin-thaa　นินทา

睡覺　làp　หลับ

緩慢地　cháa-cháa　ช้า ช้า

小的　lék　เล็ก

聰明的　chà-làat　ฉลาด

發臭的、有臭味的　mĕn　เหม็น

微笑　yím　ยิ้ม

宵夜　gin lên　กินเล่น

蛇　nguu　งู

打瞌睡、打盹、小睡　norn lên　นอนเล่น

湯　sabùu　สบู่

襪子　thŭng-tháo　ถุงเท้า

軍人　thá-hăan　ทหาร

有時候　bang thii　บางที

兒子　lûuk chaai　ลูกชาย

歌　phleng　เพลง

疼痛　jèp　เจ็บ

抱歉（道歉）　khăw-thôt　ขอโทษ

遺憾（懊悔）　sĭa-jai　เสียใจ

聲響　sĭang　เสียง

南、南方　dtâi　ใต้

說（話）　phûut　พูด

湯匙　chórn　ช้อน

運動員　nák gilaa　นัก กีฬา

樓梯　bandai　บันได

站立　yuen　ยืน

開始　rôem　เริ่ม

狀態　rát　รัฐ

車站　sathǎanii　สถานี；火車站　sathǎanii rót fai　สถานีรถไฟ；巴士站（公共汽車站）sathǎanii rót bus　สถานีรถบัส

STD　（性病）　rôhk phûu yǐng　โรคผู้หญิง

牛排　sadték　สเต็ก

繼……　lîang　เลี้ยง；繼子女　lûuk lîang　ลูกเลี้ยง

糯米　khâaw-nǐaw　ข้าวเหนียว

發臭　měn　เหม็น

拌炒、炒菜　phàt　ผัด

胃痛　bpùat thórng　ปวดท้อง

停止　yùt　หยุด

故事、主題　rêuang　เรื่อง

火爐　tao　เตา

往前／向前直行　dtrong bpai　ตรงไป

散步　deun lên　เดินเล่น

強壯的　khǎeng-raeng　แข็งแรง

（學校）學生　nák-rian　นักเรียน

（大學）大學生　nák-sùek-sǎa　นักศึกษา

求學、學習　rian　เรียน

風格　bàep　แบบ

次郡　dtambon (tambon)　ตำบล

（因為疾病）受苦　bepn…　เป็น

糖　nám-dtaan　น้ำตาล

總結（計算數字）　khít lêkh　คิดเลข

超級　ahǎan khâm　อาหารค่ำ

打掃（房間）　kwàat-bâan　กวาดบ้าน

甜的　wǎan　หวาน

甜點／餐後甜點　khǎwng-wǎan　ของหวาน

甜心　wǎan-jai; khon rák　หวานใจ; คนรัก

游泳　wâay-nám　ว่ายน้ำ

症狀　aagaan　อาการ

桌子　dtó'　โต๊ะ

藥片、藥丸　yaa mét　ยาเม็ด

陪伴　phaa　พา；接　gèp　เก็บ

吃　gin　กิน

要（接受）　au　เอา

告訴　phûut　พูด

味道（食物）　chim　ชิม

好吃（引人食慾的）　nâa-gin　กิน

計程車　rót táeksîi　รถแท็กซี่

茶　chaa　ชา

教導　sǒn　สอน

（學校）老師　khruu　ครู；（學院、宗教的）教授、老師　ajaan　อาจารย์

牙齒　fan　ฟัน

電話　thoh-rasàp　โทรศัพท์；thoh　โทร；打電話給某人　thoh bpai hǎa　โทรไปหา；有電話　thoh maa　โทรมา

告訴　bòrk　บอก

寺廟　wát　วัด

萬　mèun　หมื่น

教科書　nǎngsěu rian; tamraa　หนังสือ เรียน; ตำรา

比較　gwàa　กว่า

謝謝！（對比較年輕的人說）　khorp-jai!　ขอบใจ

那個　nán　นั้น；（出現在講述等動詞之後）wâa　ว่า

比起　láew-kâw　แล้วก็

那裡　thîi nân　ที่นั่น

他們（只有指人類）　khău　เขา

思考、認為　khít; khít duu　คิด; คิดดู

口渴　hĭu náam　หิวน้ำ

這個　níi　นี้

為人著想的、親切的　nám-jai　น้ำใจ

千　phan　พัน

三　săam　สาม

喉嚨　khor　คอ

丟（掉、出去）　thíng　ทิ้ง

車票　dtŭa　ตั๋ว

領帶　nékthai　เน็คไท

時間（長度）　wehlaa　เวลา；回、次數
（次數）　khráng　ครั้ง；準時　dtrong
wehlaa　ตรงเวลา；始終、總是　dta-lòrt
wehlaa　ตลอดเวลา

時刻表　dtaraang wehlaa　ตารางเวลา

疲倦的、勞累的　nèuai　เหนื่อย

標題（故事的名稱）　chêu rêuang
ชื่อเรื่อง

（向／往……）去　bpai　ไป

香菸、菸草　yaa sùup　ยาสูบ

今天　wan níi　วันนี้

一起　gan　กัน

廁所、洗手間　hông-náam　ห้อง น้ำ

廁所用衛生紙　gradàat thít-chûu
กระดาษทิชชู่; gradàat chamrá'　กระดาษชำระ

番茄　má-khŭea-thêt　มะเขือเทศ

明天　phrûng níi　พรุ่ง นี้

太（過度）　gern-bpai　เกินไป

牙齒　fan　ฟัน

牙痛　bpùat fan　ปวดฟัน

牙刷　praeng-sĭi-fan　แปรงสีฟัน

牙膏　yaa sĭi fan　ยาสีฟัน

手電筒　fai-chăay　ไฟฉาย

接觸；抓住　jàp　จับ

毛巾　phâa-chét-tua　ผ้าเช็ดตัว

城鎮　mueang　เมือง

塞車、交通阻塞　rót dtìt　รถติด

火車　rót fai　รถไฟ

翻譯　bplae　แปล

樹　dtôn mái　ต้นไม้

（去）旅遊、旅行　bpai thîau　ไปเที่ยว

信任的、信任的朋友　phêuan khûu-jai
เพื่อนคู่ใจ

嘗試、試用、試穿　lorng　ลอง

T恤、短袖運動衫　sêua yêut　เสื้อยืด

轉彎（往另一個方向）　líaw　เลี้ยว

向左轉　líaw-sáay　เลี้ยวซ้าย

向右轉　líaw-khwăa　เลี้ยวขวา

十二　sìp-săwng　สิบสอง

二十　yîi-sìp　ยี่สิบ

二　săng　สอง

醜陋的　nâa-klìat　น่าเกลียด

雨傘　rôm　ร่ม

伯伯、舅舅　lung　ลุง

不舒服的　mâi-sà-baay　ไม่สบาย

在……之下（下方）　dtâi　ใต้

地下鐵　rót fai dtâi din　รถไฟใต้ดิน

知道、理解　khâu-jai　เข้าใจ

大學　má-hăa-wít-thá-yaa-lai　มหาวิทยาลัย

未婚的　bpen sòht　เป็นโสด

上（層樓）　chán bon　ชั้นบน

拉肚子　thórng sĭa　ท้องเสีย

150

樓上　khâng bon　ข้างบน

緊急的　dùan　ด่วน

使用　chái　ใช้

曾經　khoei　เคย

通常　pà-kà-tì/pòk-kà-tì　ปกติ

空的　wâang　ว่าง

假期／假日　wan-yùt　วันหยุด

廂型車（交通工具）　rót-tôu　รถตู้

蔬菜　phàk　ผัก

素食主義者　mang-sà-wí-rát　มังสวิรัติ

素食主義者（中國式的）　kin-je　กินเจ

拜拜（宗教儀式）　buu-chaa　บูชา

很、非常　mâak; yéu'　มาก; เยอะ

村子　mùu-bâan　หมู่บ้าน

村民　chaau bâan　ชาวบ้าน

訪客（客人）　khàek　แขก

聲音／聲響　sĭang　เสียง

嘔吐（非正式的說法）：ûak　อ้วก；（正式的說法）aajian　อาเจียน

等一下（非正式的說法）　raw-dĭew　รอเดี๋ยว

等待　raw　รอ

起床　dtèun　ตื่น

走路　deun　เดิน

想要　yàak　อยาก

炎熱的（天氣）　ùn　อุ่น

洗（衣服）　sák　ซัก

看、注視　duu　ดู

水　nám　น้ำ

瀑布　nám-tòk　น้ำตก

道路、途徑（路徑、方法）　thaang　ทาง；出口　thaang òrk　ทางออก

我們　rau　เรา

穿著　sài　ใส่

天氣　aa-kàat　อากาศ

婚禮　ngaan-tàeng-ngaan　งานแต่งงาน

週、星期　athít　อาทิตย์

健康的、狀況良好的　sabai dii　สบายดี

什麼？　arai?　อะไร

什麼時候／何時？　mêua-rai?　เมื่อไหร่

在那裡？　thîi năi?　ที่ไหน

（許多東西之中）哪一個？　năi?　ไหน

白色　sĭi khăau　สีขาว

批發　sòng　ส่ง

為什麼　tham-mai　ทำไม

老婆（非正式的說法）　mia　เมีย：妻子（正式的說法）　phanrayaa　ภรรยา；（小老婆、情婦）　mia nói　เมียน้อย

風　lom　ลม

窗子、窗戶　nâa-tàng　หน้าต่าง

跟、和　gàp; doi　กับ; โดย

提（錢）、領（錢）　thăwn-ngoen　ถอนเงิน

冬天　rúe-dou-năaw　ฤดูหนาว

字詞、話語　kham　คำ

工作　tham ngaan　ทำงาน

世界　lôk　โลก

（切、割）傷口、疼痛處　phlăe　แผล

書寫　khĭan　เขียน

錯誤的（不正確的）　phìt　ผิด

年　bpii　ปี

黃色　sĭi-lŭeang　สีเหลือง

是的　châi　ใช่

昨天　mêua waan níi　เมื่อวานนี้

你（有禮貌的說法） khun คุณ；（親密的） ther เธอ；您（尊敬的） thâan ท่าน

弟弟 náwng-chaay น้องชาย

妹妹 náwng-sǎaw น้องสาว

你的 khǎwng-khun ของคุณ

斑馬 máa-laay ม้าลาย

零／○ sǒun ศูนย์

動物園 sǔan-sàt สวนสัตว์

Note

Note

Note

國家圖書館出版品預行編目資料

一開口就會說泰語／Stuart Robson, Prateep
Changchit著；張錦惠譯. ――二版. ――
臺北市：五南圖書出版股份有限公司,
2022.08
面；　公分
ISBN 978-626-343-217-8（平裝）

1.泰語　2.讀本

803.758　　　　　　　　111012805

1XFW

一開口就會說泰語

作　　　者 ― Stuart Robson, Prateep Changchit

譯　　　者 ― 張錦惠

企劃主編 ― 黃惠娟

責任編輯 ― 魯曉玟

錄音老師 ― 廖玲麗

封面設計 ― 王麗娟

出 版 者 ― 五南圖書出版股份有限公司

發 行 人 ― 楊榮川

總 經 理 ― 楊士清

總 編 輯 ― 楊秀麗

地　　　址：106臺北市大安區和平東路二段339號4樓

電　　　話：(02)2705-5066　　傳　真：(02)2706-6100

網　　　址：https://www.wunan.com.tw

電子郵件：wunan@wunan.com.tw

劃撥帳號：01068953

戶　　　名：五南圖書出版股份有限公司

法律顧問　林勝安律師

出版日期　2018年12月初版一刷
　　　　　2022年 8 月二版一刷
　　　　　2024年 7 月二版二刷

定　　　價　新臺幣300元

經典永恆·名著常在

五十週年的獻禮——經典名著文庫

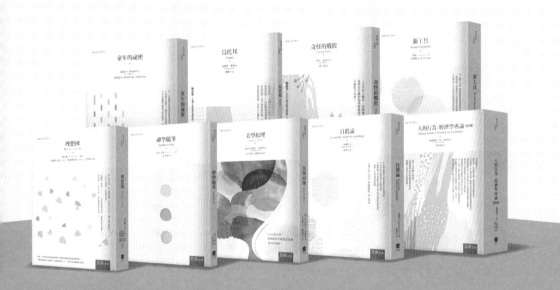

五南，五十年了，半個世紀，人生旅程的一大半，走過來了。

思索著，邁向百年的未來歷程，能為知識界、文化學術界作些什麼？

在速食文化的生態下，有什麼值得讓人雋永品味的？

歷代經典·當今名著，經過時間的洗禮，千錘百鍊，流傳至今，光芒耀人；

不僅使我們能領悟前人的智慧，同時也增深加廣我們思考的深度與視野。

我們決心投入巨資，有計畫的系統梳選，成立「經典名著文庫」，

希望收入古今中外思想性的、充滿睿智與獨見的經典、名著。

這是一項理想性的、永續性的巨大出版工程。

不在意讀者的眾寡，只考慮它的學術價值，力求完整展現先哲思想的軌跡；

為知識界開啟一片智慧之窗，營造一座百花綻放的世界文明公園，

任君遨遊、取菁吸蜜、嘉惠學子！